江戸の御庭番

JN179062

藤井邦夫

角川文庫
20700

『御庭番』とは、
徳川吉宗《とくがわよしむね》が八代将軍の座に就いた時、
紀州《きしゅう》藩から伴った十七家を御庭番家筋と定め、
直参旗本と成して
隠密《おんみつ》御用を命じた者たちである。

目次

第一章　牛頭馬頭《ごずめず》

一

血が流れ、金蔵に臭いが満ちた。

質屋の主《あるじ》は金蔵の鍵《かぎ》を握り締め、恐怖に顔を歪《ゆが》めたまま息絶えた。

覆面に黒装束の盗賊の頭《かしら》は、血に濡《ぬ》れた長脇差《わきざし》を一振りした。

闇を切る音が短く鳴り、刀身から血が飛沫《しぶき》となって飛び散った。

金蔵の錠前を開ければ用はない……。

盗賊の頭は、殺した質屋の主に嘲《あざけ》りの一瞥《いちべつ》を投げ掛け、長脇差を鞘《さや》に納めた。

手下の盗賊たちは、金蔵に仕舞ってあった金箱を盗み出していた。

盗賊の頭は、手下たちが金箱を盗み出すのを鋭い眼差《まなざ》しで見届け、最後に金蔵を出て扉を閉めた。

扉の軋《きし》みが鳴った。

主の死体が残された金蔵の壁には、牛頭馬頭を描いた絵が残されていた。

〝牛頭馬頭〟とは、牛頭人身と馬頭人身の地獄の獄卒を云った。

丑《うし》の刻八つ（午前二時）の鐘が、真夜中の静けさに響き始めた。


神田《かんだ》川の流れは暗かった。

編笠《あみがさ》に軽衫袴《かるさんばかま》の旅の武士は、神田川沿いの道を足早にやって来た。

神田川に櫓《ろ》の軋みが微《かす》かに響いた。

旅の武士は、神田川に架かっている和泉《いずみ》橋に佇《たたず》み、櫓の響きが微かに聞こえる神田川の上流を透かし見た。

船行燈《ふなあんどん》の明かりが、櫓の軋みの微かに響く上流から揺れて来た。

旅の武士は、編笠を僅《わず》かにあげて近付いて来る船を見詰めた。その横顔は若く精《せい》悍《かん》であり、眼差しは鋭かった。

船は荷船であり、舳先《へさき》に佇む中年の男は傍らの岸辺や行く手の橋を窺《うかが》っていた。

旅の武士は、荷船の舳先にいる中年の男を見下ろした。

中年の男は、和泉橋の上から見下ろしている旅の武士に気付き、薄笑いを浮かべた。

薄笑いには、微かな殺気が滲《にじ》んだ。

殺気……。

旅の武士は気付いた。

武士か……。

旅の武士は、荷船の舳先にいる中年の男に眉《まゆ》をひそめた。

荷船は和泉橋の下に進み、舳先にいた中年の男は見えなくなった。

旅の武士は、和泉橋の反対側の欄干に走った。

和泉橋を潜った荷船は、積荷と艫《とも》にいる船頭しか見えなかった。積荷の陰に数人の男が潜んでいる気配がした。

何者共だ……。

旅の武士は、神田川の流れを下って行く荷船を見送った。

呼子笛の音が夜空に響いた。

旅の武士は、その顔に厳しさを滲ませて和泉橋の袂《たもと》の暗がりを一瞥した。

黒い人影が荷船を追った。

旅の武士は続いた。

寅《とら》の刻七つ半（午前五時）を過ぎた頃、八代将軍吉宗《よしむね》は起床する。そして、歯を磨いて顔を洗って朝食をとる。

朝食の一の膳《ぜん》は飯と汁、二の膳に吸物と焼魚などだ。朝食中に御髪番の小姓が髪を結い、食後に六人の奥医師が脈を診る。

巳《み》の刻四つ（午前十時）。

吉宗は奥に行き、御小座敷で御台所《みだいどころ》の挨拶《あいさつ》を受けて仏間に入る。その後、御座の間で対面などを済ませ、御側取次《おそばとりつぎ》などの稽古《けいこ》をする。

午後、吉宗は御側取次などと政務をこなす。

吉宗は、政務の合間に御休息御庭を散歩し、四阿《あずまや》に立ち寄った。

四阿の脇には、御休息御庭の番人である御庭之者が控えていた。

「倉沢左内《くらさわさない》……」

「はっ……」

初老の御庭之者倉沢左内は、四阿の脇に控えたまま返事をした。

「婿養子は如何《いかが》致した」

「はっ。昨日、到着する筈《はず》にございましたが、未《いま》だに……」

左内は、困惑を浮かべていた。

「そうか……」

吉宗は眉をひそめた。

「御庭之者倉沢喬四郎《きょうしろう》、只今《ただいま》参上仕《つかまつ》りました」

一人の御庭之者が、いつの間にか倉沢左内の背後に平伏《ひれふ》していた。

「遅いぞ、喬四郎……」

左内は咎《とが》めた。

「申し訳ございませぬ」

喬四郎は詫《わ》びた。

「喬四郎、近う寄れ」

吉宗は招いた。

「ははっ……」

喬四郎は僅かに進んだ。

「面をあげい」

吉宗は命じた。

「はっ……」

倉沢喬四郎は顔をあげた。

その横顔は、精悍で鋭い眼をしていた。

昨夜遅く、神田川を下る荷船を見送った編笠に軽衫袴の旅の武士だった。

「うむ。喬四郎、江戸《えど》の御庭番倉沢家の婿として岳父左内に負けずに励め」

吉宗は頷《うなず》いた。

「ははっ……」

喬四郎は平伏した。

「左内、此《これ》で漸く隠居出来るな」

吉宗は、左内に笑い掛けた。

「畏《おそ》れ入ります。して上様、御用は……」

「うむ。昨夜、神田に盗賊の牛頭馬頭が現れ、質屋の主を殺し、金を奪い去ったそうだ」

吉宗は、怒りを滲ませた。

「牛頭馬頭が又……」

倉沢左内は眉をひそめた。

「左様。此以上、野放しにすれば、江戸の町民は余の政《まつりごと》を信じなくなるだろう。忠相《ただすけ》たち町奉行所も懸命の探索を続けているが、未だ以《もっ》て素性も掴《つか》めぬし、何故か不吉な予感がする。倉沢喬四郎、最早、容赦は無用。一刻も早く押え、始末致せ」

吉宗は、厳しい面持ちで命じた。

「心得ました」

喬四郎は平伏した。

「処で喬四郎、此処《ここ》には誰かの案内で参ったのか……」

吉宗は、人影の見えない御休息御庭を見廻《みまわ》した。

「いえ。一人で……」

「忍び込んで来たか。流石《さすが》だな……」

吉宗は苦笑した。

「畏れ入ります」

「ならば、城中の警戒、厳しくするか。ではな……」

吉宗は立ち去った。

喬四郎と左内は、平伏したまま見送った。

上様から御庭番の御用を承った……。

喬四郎は、御庭番としての緊張感を初めて味わった。

内濠《うちぼり》は煌《きら》めいていた。

倉沢左内と喬四郎は、内濠に架かっている田安《たやす》御門を渡って外濠《そとぼり》に向かった。

「牛頭馬頭《ごずめず》ですか……」

喬四郎は眉をひそめた。

「左様。頭が牛や馬の地獄の獄卒でな。押し込み先の主《あるじ》に金蔵を開けさせては冷酷に殺し、金を奪い、牛頭馬頭を描いた絵を残して行く盗賊共だ」

左内は、微《かす》かな怒りを過《よ》ぎらせた。

喬四郎は、小さな笑みを浮かべた。

「良いか、喬四郎。我が倉沢家は御庭番と申しても遠国《おんごく》御用を務めるのではなく、江戸御用を専らとする御庭番。その働きによっては、上様の御威光を左右する。心して掛かれ」

左内は告げた。

「承知致しました」

喬四郎は、不安や昂《たか》ぶりを見せずに頷いた。

「処で喬四郎、昨夜はどうした」

「急な用が出来まして……」

「そうか。急な用か……」

左内は、深く詮索《せんさく》はしなかった。


左内と喬四郎は、外濠に架かる牛込《うしごめ》御門を渡り、神楽坂《かぐらざか》をあがった。

「とにかく、急ぎ佐奈《さな》と仮祝言をあげるのだ」

左内は、江戸城内にいた時とは違い、性急さを露《あらわ》にした。

「大叔父御《おじご》……」

「喬四郎、おぬしは既に上様もお認めの倉沢家の婿養子。いつまでも姪《めい》の倅《せがれ》ではない。義父《ちち》上と呼ぶのだ」

喬四郎は、左内の年の離れた長姉の娘の倅なのだ。つまり、姪の子、遠縁の者なのだ。

嫡男のいない左内は、姪の子である喬四郎を早くから一人娘の佐奈の婿と決め、許嫁《いいなずけ》としていた。

「はっ。ならば御義父上……」

喬四郎は苦笑した。

「喬四郎、我らはお役目と日々の暮らしを別人として動くのが肝要。御役目で静ならば日々の暮らしは動とするのだ」

遠国とは違い江戸での隠密《おんみつ》働きは、敵と家族の距離は近く、危険な事もある。そうした心配や恐れから逃れるには、隠密として働く時の己を別人とするのだ。

倉沢左内は、御庭番として隠密働きをする時は沈着冷静であり、家族との暮らしでは性急で賑《にぎ》やかな暮らしをしていた。

左内と喬四郎は、神楽坂をあがって小日向《こびなた》に進んだ。

「御義父上は、どちらが本当の御自分なのですか……」

「喬四郎、そいつはこれからのお楽しみだ」

左内は笑った。

「えっ……」

「今日から儂《わし》も隠居の身。勝手気儘《きまま》にやらせて貰《もら》う」

左内は、悪戯《いたずら》を企《たくら》む子供のように楽しげな笑みを浮かべた。

「成る程……」

喬四郎は苦笑した。

左内の御庭番としての沈着冷静さは、己を厳しく律し、偽ってのものなのだ。

喬四郎は睨《にら》んだ。

「さあて喬四郎、おぬしはどっちかな」

「ならば私は、昼行灯《ひるあんどん》を決め込みますか……」

「そいつは良《い》い。ま、何《いず》れにしろ佐奈と姑《しゅうとめ》の静乃《しずの》には下手に逆らうな」

左内は、秘密めかして囁《ささや》いた。

「心得ました」

喬四郎は苦笑し、五年前に逢《あ》った佐奈と静乃を思い出した。

佐奈は二十歳であり、色が白く眼の大きな賢い娘だ。そして、静乃は物静かだが、寸鉄人を刺す恐ろしさを秘めていた。

左内は、かなり痛め付けられている……。

喬四郎は苦笑し、小日向新小川町《しんおがわちょう》に進む左内に続いた。


新小川町の外れには江戸《えど》川が流れ、中ノ橋が架かっている。

左内と喬四郎は、中ノ橋の手前にある武家屋敷にやって来た。

武家屋敷は、表門を閉じていた。

「さあ、喬四郎、今日からおぬしが此《こ》の屋敷の主だ」

左内は笑った。

屋敷の主……。

喬四郎は、屋敷を見上げた。

左内は、表門脇の潜り戸を叩《たた》いた。

潜り戸の覗《のぞ》き窓が開き、下男の宗平《そうへい》が顔を見せた。

「これは旦那《だんな》さま……」

「宗平、儂だ……」

下男の宗平は、潜り戸を素早く開けた。

「うむ……」

左内は、己の屋敷に入った。

喬四郎は続いた。

仮祝言が始まった。

喬四郎は佐奈と夫婦《めおと》固めの盃《さかずき》を交わし、御庭番家筋十七家の一つ倉沢家の婿になった。

左内は、喬四郎に下男の宗平お春《はる》夫婦を引き合わせた。そして、己と静乃は隠居し、倉沢家の一切を喬四郎と佐奈夫婦に任せると告げた。

「良かったですねえ、お前さま。これでお好きな朝寝、朝風呂《あさぶろ》、釣、将棋など心置きなく出来ますねえ」

静乃は微笑み、左内に酒を注いだ。

「うむ。長生きするぞ」

左内は、楽しげに頷《うなず》いて酒を飲んだ。

「ま、お好きな事をして長生きをするのは結構ですが、決して惚《ぼ》けたり寝たっきりになりませんよう、お願いしますよ」

静乃は微笑んだ。

「う、うむ……」

左内は現実に引き戻され、淋《さび》しげに盃を膳《ぜん》に戻した。

喬四郎は、俯《うつむ》いて笑いを堪《こら》えた。

「お父上、お母上は病に罹《かか》らぬよう、日頃からお酒を控え、鍛錬を忘れぬようにと仰《おつしや》っているのですよ」

佐奈は、左内に銚子《ちょうし》を向けた。

「そうか、そうだな……」

左内は嬉《うれ》しげに笑い、佐奈の酌を受けて酒を飲んだ。

「はい。長生きして下さい」

「心得た」

左内は頷き、手酌で酒を飲んだ。

静乃は苦笑した。

喬四郎は、倉沢家の家風の一端を知った。

翌朝、佐奈が眼を覚ました時、隣りに寝ていた喬四郎は消えていた。

父上と同じだ……。

父の左内も城に出仕したまま、十日や二十日、一ヶ月も帰らない事が多かった。

そして、何事もなかったかのように、いつの間にか帰って来ていた。

それが、御庭番家筋である倉沢家の御役目なのだ。

佐奈は喬四郎に同情し、父親左内の時には感じなかった淋しさを覚えた。そして、母親の静乃がしていたように仏間に入り、倉沢家代々の位牌《いはい》に喬四郎の無事な帰りを願った。

深川《ふかがわ》木置場には丸太の匂いが漂い、木場人足の歌う木遣唄《きやりうた》が響いていた。

倉沢喬四郎は、小名木川《おなぎ》の川端を進んで横川《よこかわ》と交差する処に出た。

小名木川には新高橋《しんたかばし》が架かり、横川には猿江橋《さるえ》と扇橋《おうぎ》が架かっている。

喬四郎は、新高橋を渡って横川沿いの道を南に進んだ。

南には仙台堀《せんだい》や木置場があり、肥後国熊本《ひごのくにくまもと》藩などの大名家江戸下屋敷などがある。

喬四郎は南に進み、横川に架かる福永《ふくなが》橋の袂《たもと》に佇《たたず》んだ。

福永橋の先にある仙台堀には崎川《さきかわ》橋が架かり、船着場には猪牙《ちょき》舟《ぶね》が繋《つな》がれ、若い船頭が煙草を燻《くゆ》らせていた。そして、崎川橋の奥には木置場があり、幾つもの掘割が縦横に走っていた。

喬四郎は、編笠《あみがさ》をあげて福永橋の東を眺めた。

東には武家屋敷があり、深川十万坪を始めとした埋立地が広がっている。

武家屋敷は大名家の下屋敷か、大身旗本の別邸のように見受けられた。

喬四郎は、仙台堀に架かっている崎川橋を渡った。

崎川橋の船着場にいた若い船頭は、煙管《キセル》の灰を落して煙草入れに仕舞った。

喬四郎は船着場に降りた。

「誰の屋敷か分かったか……」

喬四郎は、若い船頭に囁いた。

「青山何とかって二百五十石取りの旗本の屋敷だったそうですが、今はどうなっているのか良く分からないとか……」

若い船頭は、仙台堀の向こうにある武家屋敷を眺めた。

「そうか。して、一昨日《おととい》の夜中に来た奴らは入ったままか……」

喬四郎と若い船頭は、一昨日の深夜、神田川を下る荷船を秘《ひそ》かに追った。そして、仙台堀崎川橋の船着場に船縁《ふなべり》を寄せ、五人の男が僅《わず》かな荷物を担いで武家屋敷に入るのを見届けていた。

「俺が見張りに就いてからは……」

「よし。見張りを代わる。才蔵《さいぞう》は一息入れるが良い」

「はい。処で喬四郎さま、首尾は……」

才蔵と呼ばれた若い船頭は、微笑みを浮かべて尋ねた。

「上様に目通りし、仮祝言をあげた」

「それは重畳《ちょうじょう》。おめでとうございます」

才蔵は笑った。

「ああ……」

喬四郎は苦笑した。

「じゃあ、屋敷の裏を見廻《みまわ》って来ます」

「うむ。処で才蔵、牛頭馬頭と称する盗賊を知っているか……」

「盗賊の牛頭馬頭……」

才蔵は眉《まゆ》をひそめた。

「うむ。裏渡世に詳しいお前なら聞いた事があるだろう」

「近頃、江戸を荒らしている盗賊です」

「で……」

喬四郎は、才蔵に話の先を促した。

「四人の手下を率い、情け容赦のない外道《げどう》働きをするって噂ですが、未《ま》だ御目に掛かった事はありません」

「四人の手下か、頭の牛頭馬頭を入れて五人だな」

喬四郎は、冷笑を浮かべた。

「まさか……」

才蔵は、仙台堀の向こうの武家屋敷を見据えた。

神田川から荷船で来た者たちも五人だ。

「かもしれぬ……」

喬四郎は頷いた。

「もし、牛頭馬頭なら、此《こ》の武家屋敷が隠れ家って事ですか……」

才蔵は、戸惑いを浮かべた。

「うむ。武家の屋敷を隠れ家にする盗賊など滅多にいない。どんな素性の者で、只《ただ》の盗賊なのか……」

喬四郎は眉をひそめた。

「どうします」

才蔵は、喬四郎の出方を窺《うかが》った。

「先《ま》ずは五人が盗賊で、牛頭馬頭かどうか見定める……」

喬四郎は、不敵な笑みを浮かべた。

仙台堀の流れは、舫《もや》ってある猪牙舟を揺らした。

二

武家屋敷の裏手には、新田となった埋立地が広がっていた。

喬四郎は、武家屋敷の裏の土塀に跳んで潜み、敷地内の屋敷や庭を見廻した。

屋敷の雨戸は閉められ、庭に人気はなかった。

五人は表門脇の長屋にいる……。

喬四郎はそう読み、庭に飛び降りた。そして、土塀と植込みの間を素早く進み、内塀を越えて納屋や作事小屋の脇に出て辺りを窺った。

井戸があり、台所の勝手口が見え、向い側に侍長屋や中間《ちゅうげん》長屋が連なっていた。

男たちを長屋から引き出す……。

喬四郎は、井戸端にあった手桶《ておけ》を持って台所の屋根に跳んだ。そして、手桶を長屋の前に強く投げ落した。

手桶は、大きな音を立てて壊れた。

長屋の一軒から三人の男が現れ、壊れた手桶を拾い上げて怪訝《けげん》に辺りを見廻した。

「どうした、仙吉《せんきち》……」

別の長屋から男が現れた。

四人……。

喬四郎は、台所の屋根に潜んで見守った。

「紋次《もんじ》の兄貴、手桶が壊れていたけど、良く分からねえ」

仙吉と呼ばれた男は、壊れた手桶を紋次に見せた。

「手桶が……」

紋次は眉をひそめた。

「ええ。で、紋次の兄貴、お頭は……」

「昨夜、戻って直ぐに出掛けたままだ……」

「姐《あね》さんの処ですかい……」

「かもしれねえが、どうかしたのか……」

「いえ。ちょいと気になりましてね。屋敷の中を一廻りして来ますぜ」

仙吉は、紋次に告げて作事小屋や納屋の脇を抜けて屋敷の横手に進んで行った。

「よし。お前たちも表門の門番小屋から外の様子を見張っていろ」

紋次は残る二人の男に命じた。

喬四郎は、台所の屋根を走り、屋敷の横手を行く仙吉を追った。

仙吉は、内塀の木戸を抜けて屋敷の横手を見廻り、庭に向かった。

喬四郎は、屋根伝いに追った。

仙吉は庭に出た。そして、警戒する眼差《まなざ》しで庭を見廻した。

庭に変わった様子はない。

仙吉は、庭を通って反対側に抜けようとした。

喬四郎は屋根から飛び降り、仙吉の背後に音もなく着地した。そして、仙吉の首筋に手刀を鋭く打ち込んだ。

仙吉は気を失い、腰砕けに倒れた。

喬四郎は抱き止め、屋敷の縁の下に素早く引き摺《ず》り込んだ。

一瞬の出来事だった。

喬四郎は、気を失った仙吉の顔に黒い袋を被《かぶ》せ、後ろ手に縛り上げた。

仙吉は微《かす》かに呻《うめ》いた。

喬四郎は、黒い袋を被せられた仙吉の顔をいきなり引っ叩《ぱた》いた。

仙吉は気を取り戻し、自分の置かれた立場に狼狽《うろた》え、身を硬くした。

喬四郎は、仙吉の喉《のど》に苦無《くない》の刃を当てた。

仙吉は、喉に当てられた物が刃物と気付き、恐怖に身を震わせた。

「仙吉、頭とは盗賊の頭か……」

喬四郎は声を作った。

「えっ、ええ……」

仙吉は頷《うなず》いた。

五人の男たちは、やはり盗賊だった。

「頭の名は何と云う」

「お頭……」

「ああ……」

喬四郎は、仙吉の喉に当てた苦無を引いた。

血が赤い糸のように浮かんだ。

黒い袋を被せられた仙吉は、相手の顔も分からず、出方を窺う事も出来ず恐怖に衝《つ》き上げられた。黒い袋は、被せられた者に得体の知れぬ恐怖を与え、被せた者の顔や姿を見せずに済む。

「ご、牛頭馬頭の義十《ぎじゅう》……」

仙吉は、嗄《しわが》れ声を震わせた。

「牛頭馬頭の義十か……」

盗賊は、睨《にら》み通り牛頭馬頭だった。

「この屋敷は何処の誰の物だ」

「知らねえ。知っているのはお頭だけだ」

「惚《とぼ》けるな……」

喬四郎は、苦無を再び喉に押し付けた。

「本当だ。本当に知らねえ……」

仙吉は、喉を引き攣《つ》らせてすすり泣いた。

本当に知らない……。

喬四郎は見極めた。

「仙吉、牛頭馬頭の義十、次はいつ何処に押し込むのだ」

「分からねえ……」

「分からないだと……」

「ああ。分かっているのはお頭だけだ」

「よし。ならば仙吉、いつ何処に押し込むか分かったら、結び文に日時を書いて武と報《しら》せる」

者窓の外に落せ。もし、云う通りにしなければ、牛頭馬頭の義十に仙吉が裏切った

「そ、そんな……」

裏切者に対する盗賊の報復は厳しく、弄《もてあそ》んだ挙げ句に殺す。

「死にたくなければ、何事もなかったかのように、いつも通りにしているんだな」

喬四郎は囁《ささや》き、仙吉を後ろ手に縛った縄を解き、背後に廻《まわ》った。

「十を数えろ。数え終る迄《まで》、振り返るな。振り返れば首が飛ぶ……」

喬四郎は、仙吉に被せた黒い袋を取り、素早く縁の下を出た。

仙吉は、十を数えて縁の下を出た。

庭には誰もいなかった。

仙吉は、怯《おび》えた眼で辺りを見廻し、手拭《てぬぐい》で赤い糸のような血を拭った。

傷は皮一枚だけを斬っており、赤い血は綺麗《きれい》に拭われた。

仙吉は、足早に長屋に戻って行った。

喬四郎は、屋敷の屋根の上から見送った。

「どうでした……」

才蔵は、崎川橋の船着場に降りて来た喬四郎を迎えた。

「睨み通り、盗賊の牛頭馬頭だ」

「やっぱり……」

「名は義十だ」

「牛頭馬頭の義十ですか……」

「ああ……」

「で、どうします」

「義十は留守だ……」

「留守……」

才蔵は眉《まゆ》をひそめた。

「うむ。どうやら才蔵が見張りに付く前に出掛けたらしい……」

「そうですか……」

「うむ。何《いず》れにしろ義十は暫《しばら》く泳がせ、武家屋敷の持ち主と、その拘《かか》わりを探る……」

牛頭馬頭の義十は、武家屋敷を隠れ家にしている盗賊であり、その背後には思いも寄らぬものが秘められている事も考えられる。そして、それが上様の云った不吉な予感に拘わりがあるのかもしれない。

喬四郎は睨んだ。

「はい……」

才蔵は頷き、仙台堀の向こうに見える武家屋敷を見詰めた。

武家屋敷の表門脇の潜り戸が開いた。

「喬四郎さま……」

才蔵と喬四郎は、武家屋敷の潜り戸を見詰めた。

潜り戸から紋次が出て来た。

「牛頭馬頭一味の紋次だ……」

喬四郎は見定めた。

「紋次の野郎、何処に行くんですかね」

才蔵は、出掛けて行く紋次に眉をひそめた。

「よし、俺が尾行《つけ》る。才蔵は此処《ここ》を頼む」

「承知……」

喬四郎は、才蔵を武家屋敷の見張りに残して崎川橋の袂《たもと》に駆け上がった。

紋次は、武家屋敷を出て横川沿いの道を小名木川に向かっていた。

喬四郎は追った。

紋次は、横川沿いの道を進んで小名木川に出た。そして、横川に架かっている扇橋を渡り、小名木川沿いを西に進んだ。

喬四郎は尾行た。

紋次は何処に行くのか……。

西には大川《おおかわ》がある。

時々、紋次は尾行を警戒するように背後を振り返った。

喬四郎は、充分に距離を取って慎重に追った。

小名木川には、荷船の船頭の歌声が長閑《のどか》に響いていた。

大川には様々な船が行き交っていた。

紋次は、大川に架かっている新大橋《しんおおはし》を渡り、浜町河岸《はまちょうがし》に出た。

浜町河岸には、大名や旗本の屋敷が甍《いらか》を連ねていた。

紋次は、武家屋敷街を抜けて浜町堀に出た。そして、浜町堀を北に進み、小川橋《おがわ》を渡って対岸の町方の地に入った。

難波町《なにわちょう》、高砂町《たかさごちょう》、富沢町《とみざわちょう》……。

紋次は進み、富沢町の裏通りに入った。そして、板塀で囲まれた仕舞屋《しもたや》の木戸を入った。

喬四郎は、仕舞屋に近付いた。

洩《も》れていた三味線の爪弾《つまび》きが途切れた。

三味線を爪弾いていた者が、訪れた紋次を迎えに出たのかもしれない。

喬四郎は読み、仕舞屋に何者が住んでいるのかを探る事にした。


小さな煙草屋が、仕舞屋の斜向《はす》かいにあった。

喬四郎は、小さな煙草屋を訪れた。

小さな煙草屋では、店番の老爺《ろうや》が居眠りをしていた。

「邪魔するぞ、父っつあん……」

喬四郎は苦笑し、居眠りをしている店番の老爺に声を掛けた。

「はいはい。おいでなさい」

老爺は眼を覚まし、歯の抜けた口元を綻《ほころ》ばせた。

「国分《こくぶ》を貰《もら》おうか……」

「はい。国分を如何《いか》ほど……」

「五匁だ」

「へい。国分五匁、五文です」

老爺は、国分と書いた紙袋入りの刻み煙草を差し出した。

「うん。表の縁台を借りるぞ」

「どうぞ……」

喬四郎は、煙草屋の表の縁台に腰掛け、置かれていた煙草盆を引き寄せた。そして、煙草入れから煙管《キセル》を出し、買ったばかりの刻み煙草を吸い始めた。

「お侍さん、出涸《でがら》しですが、良かったら、どうぞ……」

老爺は、喬四郎に僅《わず》かに色の付いた茶を差し出した。

「こいつは、すまないな。戴《いただ》くよ」

喬四郎は、微《かす》かに茶の味のする出涸し茶を飲み、煙草を燻《くゆ》らせた。

「処で爺《じい》さん、あそこの板塀に囲まれた仕舞屋。どんな人が住んでいるんだい」

喬四郎は、斜向かいの板塀に囲まれた仕舞屋を示した。

「ああ。あの仕舞屋は川越《かわごえ》の織物問屋の持ち物でしてね。旦那《だんな》が仕事で江戸に来た時の宿にしているそうですよ」

「じゃあ、普段は留守番がいるのか……」

「ええ。おつたって芸者あがりの年増《としま》と飯炊きの婆さんがね……」

老爺は、意味ありげに笑った。

「芸者あがりの年増か……」

仕舞屋は、川越の織物問屋の旦那の妾《めかけ》の家なのだ。

喬四郎は、仕舞屋から洩れていた三味線の爪弾きを思い出した。

「ええ。色っぽい留守番だ……」

「で、今、川越の織物屋の旦那、江戸に来ているのかな」

「さあ、見掛けた覚えはないが、旦那と一緒にいるのを見た事のある奴が、時々来ているから、いるのかもしれないな」

老爺は、細く筋張った首を捻《ひね》った。

盗賊牛頭馬頭一味の紋次が出入りをしている限り、仕舞屋の持ち主である川越の織物問屋の旦那が頭の義十なのかもしれない。

喬四郎は睨《にら》み、煙草を燻らしながら仕舞屋を見張った。

僅かな刻《とき》が過ぎ、仕舞屋の板塀の木戸が開いた。
動く……。
喬四郎は、煙管の灰を煙草盆に落した。
煙草の煙りは風に散った。
紋次が木戸から現れ、裏通りに変わった様子がないのを見定め、仕舞屋を振り返った。
お店《たな》の旦那風の男が出て来た。
喬四郎は、茶を飲んで顔を隠した。
旦那風の男は、神田川で見た荷船の舳先《へさき》に佇《たたず》んでいた中年の男だった。
盗賊の牛頭馬頭の義十……。
喬四郎は見定めた。
義十と紋次は、裏通りを人形町《にんぎょうちょう》に向かった。
喬四郎は、煙草屋の店先にあった塗笠《ぬりがさ》を取った。
「父っつあん、笠を貰うよ」
喬四郎は、老爺に小粒を渡した。
「釣は良《い》いぜ」

「こいつはすみませんねえ。又どうぞ……」

老爺は、小粒を握り締めて歯のない口で笑った。

「ああ。その時は宜《よろ》しくな」

喬四郎は、塗笠を目深に被《かぶ》って義十と紋次を追った。


深川仙台堀の武家屋敷は、紋次が出掛けてから動きはなかった。

才蔵は、辛抱強く見張り続けていた。

四半刻《しはんとき》(三十分)が過ぎた。

小肥《こぶと》りの羽織袴《はおりはかま》の武士が、横川沿いの道をやって来て武家屋敷の前に佇んだ。

何者だ……。

才蔵は見守った。

羽織袴の武士は、体軀《たいく》には似合わない鋭い眼差《まなざ》しで辺りを見廻《みまわ》し、武家屋敷の潜り戸を叩《たた》いた。

潜り戸が開き、羽織袴の武士は素早く屋敷内に入った。

武家屋敷の持ち主か、それとも家中の者なのか……。

何《いず》れにしろ武家屋敷に拘《かか》わりのある者だ。

才蔵は、武家屋敷から羽織袴の武士が出て来るのを待った。
武家屋敷の潜り戸が開いた。
才蔵は、猪牙舟《ちょきぶね》の舫《もや》い綱を解いた。
羽織袴の武士が潜り戸から現れ、やって来た横川沿いの道を戻り始めた。
才蔵は、竹竿《たけざお》で猪牙舟を静かに操り、羽織袴の武士を追った。
さあて、何処に行くのか……。
才蔵は、退屈な見張りから解放されて逸《はや》る気持ちを懸命に抑えた。

日本橋通南《にほんばしとおりみなみ》二丁目は、行き交う人で賑《にぎ》わっていた。
二丁目には式部《しきぶ》小路《こうじ》があり、角に老舗《しにせ》茶道具屋『一茶堂《いっさどう》』があった。
喬四郎は、茶道具屋『一茶堂』の店内を窺《うかが》っていた。
茶道具屋『一茶堂』の店内では、義十が番頭を相手に茶筅《ちゃせん》や棗《なつめ》の品定めをしていた。
茶道具を買いに来ただけなのか……。
喬四郎は、義十を見守った。
紋次は、茶道具屋『一茶堂』の周囲を歩き廻り、式部小路の先にある楓川《もみじがわ》を眺めたりしていた。

茶道具屋『一茶堂』押し込みの忍び口から退《の》き口を探している。

喬四郎は、紋次の動きを読んだ。

盗賊牛頭馬頭の義十は、次に老舗茶道具屋『一茶堂』に押し込むつもりなのだ。

喬四郎は睨んだ。

先手を打って町奉行所に捕縛させるか、それとも斬り棄てるか……。

喬四郎は想いを巡らせた。

だが、始末をするのは容易だが、牛頭馬頭の義十の背後に潜む者はどうするのだ。

捕えて吐かせる事は出来るのか……。

牛頭馬頭の義十は、おそらく捕えて吐かせようとすれば、自ら命を絶つ筈《はず》だ。

始末するより吐かせる方が難しい……。

だからと云って、茶道具屋『一茶堂』に押し込み、外道働きをするのを見逃す訳にはいかない。

押し込む日迄《まで》に、義十の背後に潜む者を突き止めるしかないのだ。

喬四郎は決め、義十と紋次を見守った。

日本橋通南は行き交う人で賑わった。

深川小名木川は、海辺大工町《うみべだいくちょう》を抜けて大川に続いている。
小肥りの羽織袴の武士は、横川から小名木川沿いの道に出て大川に抜けた。
才蔵は、猪牙舟で追って来た。
羽織袴の武士は、小名木川に架かっている万年橋《まんねん》を渡って新大橋に向かった。
大川に架かっている新大橋を渡るのか、それとも大川沿いを本所竪川《ほんじょたてかわ》に行くのか……。
何れにしろ、もう猪牙舟では追えない。
才蔵は、猪牙舟を万年橋の船着場に舫って羽織袴の武士を追う事にした。

小肥りの羽織袴の武士は、新大橋を渡らずに東詰を抜けた。
才蔵は尾行《つけ》た。
羽織袴の武士は、御舟蔵《おふなぐら》の横手を通って本所竪川に進んでいた。
何処に行くのだ……。
才蔵は、羽織袴の武士の行き先と素性を突き止めたかった。
行き先と素性が分かれば、盗賊牛頭馬頭の義十一味が隠れ家にしている武家屋敷の持ち主が知れ、背後に潜む者が浮かびあがる。
才蔵は、慎重に追った。
羽織袴の武士は、竪川の手前、御舟蔵の前にある八幡宮《はちまんぐう》に不意に入って姿を消した。
才蔵は、思わず走った。そして、八幡宮の鳥居を潜ろうとした。
刹那《せつな》、刃風が鋭く鳴った。
才蔵は、咄嗟《とっさ》に跳び退《の》いて躱《かわ》した。
羽織袴の武士が、抜き身を提げて鳥居の陰から現れた。
才蔵は、懐の苦無《くない》を握り締めて身構えた。
「何者だ……」
羽織袴の武士は、才蔵に鋭い殺気を放った。
才蔵は、嘲笑《ちょうしょう》を浮かべた。
「おのれ……」
羽織袴の武士は、才蔵に猛然と斬り付けた。
才蔵は、竪川に架かっている一つ目之橋の袂《たもと》に大きく跳び退いた。
羽織袴の武士は、一気に間合いを詰めて袈裟《けさ》懸けの一刀を鋭く放った。

刹那、才蔵は一つ目之橋の欄干を蹴《け》って竪川に身を躍らせた。

三

不忍池《しのばずのいけ》に夕陽が映えた。

牛頭馬頭の義十と紋次は、不忍池の畔《ほとり》にある料理屋『水月《すいげつ》』に入った。

倉沢喬四郎は見届けた。

義十は、茶道具屋『一茶堂』を出て紋次と合流し、不忍池の料理屋『水月』にやって来たのだ。

料理屋『水月』に来たのは、誰かと逢《あ》う為なのだ。

相手は誰なのか……。

喬四郎は見定める為、料理屋『水月』を取り囲んでいる板塀の裏手に進んだ。

雑木林に囲まれた小道の内側には板塀が続き、木戸があった。

木戸には掛金が掛けられていた。

喬四郎は、問外《といかき》を木戸の隙間に差し込んで掛金を外した。そして、木戸を僅《わず》かに開けて中の様子を窺った。

木戸の中には、台所や板場に続く井戸と植込みがあった。

喬四郎は裏庭の植込みの陰に潜み、素早く木戸を閉めて掛金を掛けた。

薄暮に覆われた井戸端では、下働きの女中や下男が忙しく働いていた。そして、反対側には生垣があり、連なる座敷と庭があった。

喬四郎は、井戸端に人がいなくなった瞬間を狙い、生垣を跳び越えた。そして、生垣の陰に潜み、連なる座敷を窺った。

連なる座敷は障子を閉められていた。そして、客のいる座敷の障子には行燈《あんどん》の明かりが映え、客のいない座敷は暗かった。

喬四郎は、薄暮の庭を走って暗い座敷に素早く入った。

喬四郎は、障子を閉めて暗い座敷を窺った。

暗い座敷に人の気配はない。

喬四郎は見定め、天井の隅に跳んだ。そして、天井板を外して天井裏に忍び込んだ。

暗い天井裏には、太い柱と梁《はり》が縦横に組まれ、鼠や虫が慌てて蠢《うごめ》く気配がした。

喬四郎は、暗い天井裏を透かし見た。

天井板の隙間や節穴からは、下に連なる座敷の明かりが僅かに漏れている。

喬四郎は、梁伝いに進んで僅かに明かりの洩《も》れている隙間や節穴を覗《のぞ》き、義十と紋次を捜した。

明かりの洩れている一つ目と二つ目の座敷には、大店《おおだな》の旦那《だんな》たちや老武士たちが酒と料理を楽しんでいた。

違う……。

喬四郎は、梁伝いに三つ目の座敷の上に進んだ。

三つ目の座敷の天井板には、隙間も節穴もなかった。しかし、男たちの話し声が微《かす》かに聞こえた。

喬四郎は、座敷の隅の天井板を僅かに動かして隙間を作った。

座敷の明かりが、喬四郎の顔を僅かに照らした。

喬四郎は、梁から身を乗り出して天井板の隙間を覗いた。

隙間から見える座敷には、義十と紋次がいた。

牛頭馬頭の義十と紋次……。

三つ目の座敷に義十と紋次はいた。

喬四郎は、義十と紋次が逢っている相手を窺《うかが》った。

がっしりした体軀《たいく》の総髪の武士が、義十と言葉を交わしながら酒を飲んでいた。

剣の遣い手……。

喬四郎は、総髪の武士の剣の腕を読み、素早く己の気配を消した。そして、天井板の隙間から座敷を覗いた。

「ならば、次は茶道具屋の一茶堂か……」

総髪の武士は訊《き》いた。

「ええ。何と云っても一茶堂は江戸で名高い老舗《しにせ》の茶道具屋。金蔵には小判が唸《うな》っていますぜ」

義十は、酒を飲みながら楽しそうに告げた。

「義十、小判を奪うのに気を取られ、迂闊《うかつ》な真似はするなよ」

総髪の武士は苦笑した。

「榊原《さかきばら》さま、そいつは篤《とく》と心得ておりますよ」

義十は嗤《わら》った。

「榊原……」

喬四郎は、総髪の武士の名を知り、思わず呟《つぶや》いた。

消した気配が揺らいだ。

「それで榊原さま、御前さまは……」

義十は、徳利《とくり》を手にして榊原に身を寄せた。

刹那、榊原は義十を撥《は》ね退《の》け、喬四郎の潜んでいる天井に脇差《わきざし》を投げた。

喬四郎は、素早く梁に身を起こした。

脇差の鋒《きつさき》が、喬四郎が覗いていた天井板を鋭く貫いた。

喬四郎は、梁を走って忍び込んだ処に戻り、眼下の暗い座敷を窺った。

暗い座敷に人の気配はない。

喬四郎は、誰もいない暗い座敷に飛び降り、天井裏から消えた。


榊原は、天井に突き刺さっている脇差を見据えていた。

義十は、厳しい面持ちで榊原と天井に突き刺さっている脇差を見比べた。

「榊原さま……」

紋次は戸惑った。

「黙れ……」

榊原は一喝し、脇差を見据えて天井裏の様子を窺った。

物音もしなければ、動く気配もない……。

脇差の刀身に汚れはなかった。

榊原は、天井に跳んで脇差を抜いた。そして、脇差の刀身を検《あらた》めた。

「気のせいか……」

「榊原さま……」

義十は眉《まゆ》をひそめた。

「うむ。人の気配がしたような気がしてな」

榊原は、脇差に拭《ぬぐ》いを掛けて鞘《さや》に納めた。

「だが、気のせいだったようだ」

榊原は苦笑した。

「そうですかい。そりゃあ良かった」

義十は頷《うなず》いた。

「して義十、御前さまに何用だ……」

榊原は訊いた。

「はい。ちょいと荒らし廻《まわ》り過ぎたようでしてね。一茶堂の押し込みが終ったら、ほとぼりを冷まそうかと思いましてね」

義十は、榊原に酌をした。

「成る程。それも必要かもしれぬな」

榊原は頷いた。

「はい……」

「よし。私から御前さまにお伝えしてみよう」

榊原は、猪口《ちょこ》に満ちた酒を飲んだ。

「宜《よろ》しくお願いします」

義十は頭を下げた。

紋次が続いた。

「心得た。して義十、一茶堂の押し込み、いつやるのだ」

榊原は、義十を見詰めた。

行燈の火が瞬いた。


不忍池に月影が映えた。

料理屋『水月』は軒行燈に火を灯《とも》し、夜風に暖簾《のれん》を揺らしていた。

客を乗せた町駕籠《かご》が、女将《おかみ》と仲居や下足番に見送られて帰って行った。

喬四郎は、雑木林に潜んで榊原が出て来るのを待った。
剣客……。
榊原は、睨《にら》み通り剣の遣い手だった。
御前さま……。
喬四郎は、義十の言葉を思い出した。
御前とは何者なのか……。
やはり、盗賊牛頭馬頭の義十の背後には、得体の知れぬ者どもが潜んでいるのだ。
喬四郎は読んだ。
刻《とき》が過ぎ、東叡山寛永寺《とうえいざんかんえいじ》の鐘が戌《いぬ》の刻五つ（午後八時）を鳴らした。
「今宵《こよい》はありがとうございました」
帰る客を送る女将の声がした。
喬四郎は、料理屋『水月』の店土間を窺った。
義十と紋次が女将と共に、帰る榊原を見送りに出て来た。
「ではな……」
榊原は、義十と紋次を残して料理屋『水月』を出た。
「はい。お気を付けて……」

義十と紋次は、店の框《かまち》で見送った。

「ありがとうございました」

女将は、下足番と共に外に見送りに出た。

榊原は、落ち着いた足取りで不忍池の畔《ほとり》に向かった。


不忍池の畔は月明かりに浮かび、虫の音が響いていた。

榊原は立ち止まり、五感を研ぎ澄まして背後に人の気配を探った。

背後に人の気配はなかった。

やはり、気のせいなのか……。

榊原は、天井裏に感じた人の気配を気のせいだとは思っていなかった。

何者かが潜んでいたなら、必ず行き先を突き止め、素性を探ろうとする筈《はず》だ。

榊原は誘った。

だが、追って来る者の気配はなかった。

榊原は、背後に殺気を放った。

虫の音が消え、静けさが湧いた。

殺気に対する動きは、虫の音だけだった。

榊原は、背後だけではなく、周囲に殺気を放った。しかし、静けさが湧き続けるだけだった。

追って来る者はいない……。

榊原は見定め、不忍池の畔を下谷《したや》広小路《ひろこうじ》に進んだ。

虫の音が湧いた。

喬四郎は、木立の陰から見送った。

榊原に油断はない。

無理に仕掛けて、此《これ》以上の警戒をさせるのは下策だ。

此迄だ……。

喬四郎は、榊原の行き先と素性を突き止めるのを諦《あきら》めた。

虫の音は続いた。


深川木置場の掘割は、溶けた丸太の脂《やに》が陽差しを浴びて七色に輝いていた。

盗賊牛頭馬頭一味の潜む武家屋敷は、昨夜遅くに紋次が帰って来て以来、出入りする者はいなかった。

才蔵は、肥後国熊本藩江戸下屋敷の大屋根に潜み、仙台堀越しに武家屋敷を見張った。

才蔵に襲い掛かった小肥《こぶと》りの羽織袴《はおりはかま》の武士は、武家屋敷に現れてはいない。

必ず素性を突き止めてやる……。

才蔵は、武家屋敷を見張った。

小さな光が、才蔵の顔に当てられた。

才蔵は咄嗟《とっさ》に伏せ、光の出処を窺《うかが》った。

塗笠《ぬりがさ》を目深に被《かぶ》った喬四郎が、仙台堀に架かる崎川橋の袂《たもと》に佇《たたず》み、掌《てのひら》の中の鏡を操っていた。

才蔵は、熊本藩江戸下屋敷の大屋根から素早く降りた。


盗賊牛頭馬頭の義十……。

浜町堀富沢町裏通りの仕舞屋《しもたや》……。

茶道具屋『一茶堂』……。

榊原と云う名の総髪の武士……。

喬四郎は、才蔵に教えた。

「牛頭馬頭の義十、浜町堀は富沢町の裏通りにある仕舞屋に……」

「うむ。おつたと云う妾《めかけ》がいる」

「そうですか。それで牛頭馬頭の義十。近々、式部小路にある一茶堂って茶道具屋に押し込むのですか……」

才蔵は眉《まゆ》をひそめた。

「うむ。いつかは分からぬがな」

喬四郎は頷《うなず》いた。

「それにしても、榊原って総髪の侍、何者なんですかね」

「うむ。かなりの遣い手だ」

「小肥りの野郎と拘《かか》わりがあるのかな……」

才蔵は首を捻《ひね》った。

「小肥りの野郎……」

喬四郎は訊《き》いた。

「ええ……」

才蔵は、武家屋敷を訪れた小肥りの羽織袴の武士を尾行した顚末《てんまつ》を報《しら》せた。

「そうか、小肥りの割りには鋭い奴か……」

喬四郎は、厳しさを滲《にじ》ませた。

武家屋敷の長屋門に連なる武者窓の一つの障子が開いた。

喬四郎と才蔵は、障子の開いた武者窓を見詰めた。

男の手が、武者窓の格子の間から素早く結び文を投げ落した。

仙吉だ……。

喬四郎は見守った。

仙吉は、武者窓の格子の奥に怯《おび》えた顔を見せ、障子を閉めた。

「どうやら押し込みの日が決まったようだ」

喬四郎は、小さな笑みを浮かべた。


結び文には、『明日、子《ね》の刻九つ、茶道具屋一茶堂』と書かれていた。

「やはり、茶道具屋の一茶堂ですか……」

「うむ。明日、子の刻九つ（午前零時）か……」

「どうします……」

才蔵は、喬四郎の出方を窺った。

「此以上、押し込みを許し、人を殺させる訳にはいかぬ」

「じゃあ……」

「頭の義十を始め牛頭馬頭一味の者が揃った処を一挙に始末するのが上策。しかし、背後に潜んでいる者を突き止めるには、そうもいかぬ」

喬四郎は眉をひそめた。

「じゃあ……」

「押し込みに行く一味を襲い、義十を見逃し、榊原の許《もと》に逃げ込ませるしかあるまい」

喬四郎は、不敵な笑みを浮かべた。

手下たちを始末して義十を追い詰め、榊原のいる処に追い込む……。

茶道具屋『一茶堂』の押し込みの日が来た。

喬四郎は、浜町堀富沢町の裏通りの板塀に囲まれた仕舞屋を見張り、牛頭馬頭の義十の動きを見守った。

午《うま》の刻九つ（午後零時）。

牛頭馬頭の義十は動いた。

義十は、妾のおつたに見送られて仕舞屋を出て浜町堀に向かった。

「父っつあん、邪魔したな」

喬四郎は、煙草屋の老爺《ろうや》に声を掛けた。

「ああ。又おいで……」

老爺は、歯のない口で笑った。

喬四郎は、煙草屋を出て義十を追った。


浜町堀には櫓《ろ》の軋《きし》みが響いていた。

義十は、浜町堀に架かっている栄《さかえ》橋を渡り、武家屋敷街に進んだ。

大川に架かっている新大橋を渡り、深川木置場傍の手下たちの潜んでいる武家屋敷に行く……。

喬四郎は読み、義十を追った。


仙吉は、武家屋敷から足早に出て行った。

今夜の押し込みの仕度に行く……。

才蔵は睨《にら》み、熊本藩江戸下屋敷の大屋根の上から見送った。

刻《とき》が過ぎた。

大店《おおだな》の旦那《だんな》が、横川沿いの道をやって来た。

才蔵は、塗笠を被った侍が大店の旦那を尾行《つけ》て来るのに気が付いた。
喬四郎さま……。
才蔵は、塗笠を被った侍が喬四郎だと知り、想いを巡らせた。
牛頭馬頭の義十……。
才蔵は、大店の旦那が盗賊牛頭馬頭の義十だと気が付いた。
義十は、武家屋敷の閉められている表門前に佇み、鋭い眼で周囲を見廻《みまわ》した。
才蔵は伏せた。
義十は、表門脇の潜り戸を叩《たた》いた。
潜り戸が開いた。
義十は、素早く武家屋敷に入った。
才蔵は見届け、喬四郎に視線を移した。
喬四郎は、塗笠をあげて才蔵を見た。
才蔵は、義十が武家屋敷に入ったと頷いた。
「仙吉は出掛けているのか……」
「おそらく押し込みの仕度に……」

「紋次たち他の手下はいるんだな」

「はい。残り三人は……」

「紋次たち三人と義十。そして、仙吉の五人。神田の質屋の押し込みと一緒だな」

喬四郎は、武家屋敷を厳しい面持ちで眺めた。

「きっと……」

才蔵は頷いた。

陽は大きく西に傾いた。

仙台堀に船の櫓の軋みが響き、十万坪から荷船がやって来た。

喬四郎と才蔵は、やって来る荷船を眺めた。

荷船は、武家屋敷の前の小さな船着場に船縁《ふなべり》を寄せた。

喬四郎と才蔵は見守った。

荷船の艫《とも》から仙吉が降りた。

仙吉は、荷船を舫《もや》って船着場からあがり、武家屋敷に入って行った。

「牛頭馬頭一味、荷船で楓川の新場橋《しんばばし》迄《まで》行くのですかね」

才蔵は、茶道具屋『一茶堂』の近くの楓川を思い浮かべた。

「おそらくな。よし、動くのは日が暮れてからだろう。才蔵は、牛頭馬頭の義十から眼を離すな」

喬四郎は命じた。

深川木置場の掘割には月影が映え、虫の音に覆われていた。

法苑山浄心寺《ほうおんざんじょうしんじ》の鐘が、戌《いぬ》の刻五つ（午後八時）を告げた。

喬四郎と才蔵は、仙台堀に架かっている崎川橋の船着場に繋《つな》いだ猪牙舟《ちょきぶね》に潜み、武家屋敷を見張っていた。

武家屋敷から五人の男たちが出て来た。

盗賊牛頭馬頭の義十と手下たちだ。

五人の男たちは、船着場に舫ってある荷船に乗り込んだ。

荷船は音もなく船着場を離れ、船行燈《ふなあんどん》を揺らして仙台堀を大川に向かった。

才蔵は見送り、充分に距離を取って喬四郎を乗せた猪牙舟で追った。

喬四郎は、猪牙舟の舳先《へさき》に座って荷船の明かりを見詰めた。

大川に出て三ツ俣《また》から日本橋川《にほんばしがわ》に抜け、遡《さかのぼ》って楓川に出る。そして、楓川に架かっている新場橋の船着場に行けば、茶道具屋『一茶堂』は直ぐ近くだ。

喬四郎は、盗賊の牛頭馬頭一味の動きを読んだ。

仙台堀を出た荷船は、大川を真っ直ぐに横切って三ツ俣に入った。そして、浜町堀の前を通って箱崎《はこざき》から日本橋川に入り、遡って江戸《えど》橋に向かった。

才蔵の猪牙舟は追った。

喬四郎は、盗賊牛頭馬頭の義十一味を乗せた荷船を見据えた。

押し込む前に始末する……。

喬四郎は、忍び装束に着替えた。

四

盗賊牛頭馬頭一味の乗った荷船は、楓川に入って南に進んだ。

「俺は一茶堂に先廻りをする。才蔵、お前はとにかく義十から眼を離さず、行き先を突き止めろ」

喬四郎は、忍び装束に身を固めて錏頭巾《しころずきん》を被《かぶ》った。

「心得ました」

才蔵は、喉《のど》を鳴らして頷《うなず》いた。

荷船は、楓川に架かる海賊《かいぞく》橋を潜って行く。

海賊橋の次が、茶道具屋『一茶堂』に近い新場橋だ。

「では な……」

喬四郎は、船縁を蹴《け》って岸辺に跳んだ。そして、日本橋の夜の闇に消えた。

才蔵は、荷船を追った。


荷船は、新場橋の船着場に着いた。

「みんな、此《こ》の御勤めの後は、鳴りを潜めてほとぼりを冷ます。情け容赦は無用。いいな」

牛頭馬頭の義十は、残忍な笑みを浮かべて手下たちに命じた。

「へい……」

紋次や仙吉たち手下は頷いた。

「じゃあ、行くぜ」

盗賊牛頭馬頭一味は、荷船を降りて暗い町を茶道具屋『一茶堂』に走った。

才蔵は、猪牙舟を荷船の後ろに付け、頭《かしら》の牛頭馬頭の義十を追った。

茶道具屋『一茶堂』は、深い眠りに落ちていた。

盗賊牛頭馬頭一味は、頭の義十を先頭にして茶道具屋『一茶堂』の表の闇に潜んだ。

義十は、目顔で紋次を促した。

紋次は頷き、大戸の潜り戸の引手の傍に匕首《あいくち》を突き刺して抉《えぐ》り、穴を空けた。そして、潜り戸の内側に掛けられた横猿《よこさる》を外そうと穴に腕を入れた。

刹那《せつな》、四方手裏剣が闇を斬り裂いて飛来し、紋次の穴に入れた腕に突き刺さった。

紋次は、思わず短い呻《うめ》きを洩《も》らし、穴から腕を引き抜ぬいて蹲《うずくま》った。

頭の義十と仙吉は、戸惑い怯《ひる》んだ。

黒い人影が義十と仙吉たちを覆った。

義十は、茶道具屋『一茶堂』の屋根を見上げた。

次の瞬間、錏頭巾と忍び装束に身を固めた喬四郎が、茶道具屋『一茶堂』の屋根から身を躍らせた。

義十と仙吉たちは驚き、長脇差《わきざし》や匕首を抜いてあわてて身構えた。

喬四郎は、手下の一人に苦無《くない》の一閃《いっせん》を浴びせながら着地した。

血が飛んだ。

手下の一人は、喉元《のどもと》を斬られて倒れた。
他の手下が長脇差を振るい、喬四郎に斬り掛かった。
喬四郎は、長脇差を躱《かわ》して苦無を煌《きら》めかせた。
他の手下は、心の臓を苦無で貫かれて仰《の》け反り倒れた。
仙吉は逃げた。
喬四郎は、四方手裏剣を投げた。
仙吉は、背中に四方手裏剣を受けて前のめりに倒れた。
喬四郎は、冷笑を浮かべて義十を見据えた。
「牛頭馬頭の義十……」
義十は、長脇差を構えて後退《あとずさ》りした。
「地獄の獄卒牛頭馬頭が、己の名を騙《かた》る外道の来るのを待っている」
喬四郎は、義十に迫った。
紋次が、四方手裏剣に刺された腕を庇《かば》いながら喬四郎に横手から斬り付けた。
喬四郎は、咄嗟《とっさ》に跳び退《の》いた。
義十は、闇に向かって身を翻した。
紋次は、長脇差を構えて猛然と喬四郎に突っ込んだ。

喬四郎は、抜き打ちの一刀を放った。
紋次は斜《はす》に斬り上げられ、血を飛ばして仰け反り倒れた。
喬四郎は、周囲を見廻《みまわ》した。
紋次と二人の手下が倒れており、背中に四方手裏剣を受けた仙吉は姿を消していた。
運が良ければ命は助かる……。
喬四郎は、牛頭馬頭の義十を追った。

牛頭馬頭の義十は、楓川に逃げた。
才蔵は、暗がり伝いに追った。
楓川に出た義十は、新場橋の船着場に向かった。
船着場には、乗って来た荷船が舫《もや》ってある。
荷船で逃げるのか……。
才蔵は、義十の行き先を見届けるのが役目だ。
義十は、新場橋の下の船着場に降りようとした。
「義十……」

義十は、己の名を呼ぶ声のした新場橋の袂《たもと》を見た。

編笠《あみがさ》を被《かぶ》った武士が、新場橋の袂に現れた。

「榊原さま……」

義十の声に安堵《あんど》が過《よ》ぎった。

編笠を被《かぶ》った武士は、義十が料理屋『水月』で逢《あ》っていた榊原だった。

「やはり、何者かが窺《うかが》っていたか……」

榊原は、義十を厳しい面持ちで見据えた。

「ええ……」

義十は、怯《おび》えを滲《にじ》ませて頷いた。

追って来る喬四郎が見えた。

「榊原さま……」

義十は、榊原に縋《すが》る眼差《まなざ》しを向けた。

刹那、榊原は義十に抜き打ちの一刀を浴びせた。

義十は、袈裟《けさ》懸けに斬られ、呆然《ぼうぜん》とした面持ちで倒れた。

才蔵は、闇の中で戸惑った。

どうする……。

義十を助けるか……。
だが、助けられるか……。
才蔵は、瞬時に自問自答した。
喬四郎が駆け寄って来た。
榊原は身を翻した。
既に斬られた義十を助けるより、榊原を追って行き先を突き止める……。
才蔵は決め、暗がり伝いに榊原を追った。
喬四郎は、血に塗《まみ》れて倒れている義十に駆け寄った。
「義十……」
喬四郎は、義十の様子を窺った。
義十は、見事な袈裟懸けの一刀を浴びていた。そして、微《かす》かに息を鳴らしていた。
生きている……。
喬四郎は、周囲を鋭く見廻した。
義十を斬ったのは、体格や身のこなしから見て榊原だ。
榊原は、押し込みに失敗した義十が捕えられるのを恐れた。
口を封じた……。

捕えられた義十が責められ、背後に潜む者を吐くのを防いだのだ。
使い棄てだ……。
喬四郎は、牛頭馬頭の義十を助けず、無惨に斬り棄てた榊原の冷酷さを知った。
才蔵はどうした……。
喬四郎は、周囲の闇に才蔵の気配を捜した。
才蔵の気配は、何処にもなかった。
追った……。
才蔵は、尾行する手筈《てはず》の義十を斬られ、斬った榊原を追ったのだ。
喬四郎は睨《にら》んだ。
ならば、義十を助ける……。
喬四郎は、袈裟懸けに斬られて意識を失っている義十の傷の血止めを始めた。
次の瞬間、小肥《こぶと》りの武士が闇を揺らして現れ、喬四郎に鋭く斬り掛かった。
喬四郎は、小肥りの武士の刀を躱して跳び退いた。
小肥りの武士は、その姿に似合わず敏捷《びんしょう》に動き、尚《なお》も喬四郎に斬り掛かった。
本所竪川の傍で才蔵に斬り掛かった小肥りの武士……。
喬四郎は斬り結んだ。

小肥りの武士は、才蔵が榊原を追ったのを知っているのかもしれない。

生かしておけぬ……。

喬四郎は、地を蹴《け》って夜空に跳んだ。そして、四方手裏剣を小肥りの武士に放った。

小肥りの武士は、四方手裏剣を右肩に受けてよろめいた。

喬四郎は、着地をしながら小肥りの武士に刀を煌めかせた。

小肥りの武士は、首の血脈を刎《は》ね斬られて凍《い》て付いた。

「お、おのれ……」

小肥りの武士は、顔を醜く歪《ゆが》めて喬四郎を睨み付けた。

喬四郎は冷笑を浮かべた。

小肥りの武士は、刎ね斬られた首の血脈から噴き出した血を振り撒《ま》いて倒れた。

喬四郎は、小肥りの武士の死を見定めて義十に駆け寄った。

呼子笛の甲高い音が、夜空に響き始めた。

愛宕下《あたごした》は、諸大名の江戸上屋敷と増上寺《ぞうじようじ》を始めとした寺が多かった。

榊原は、汐留川《しおどめ》に架かっている土橋《どばし》を渡り、幸橋《さいわいばし》御門前久保丁原《くぼちようはら》から愛宕下大名小路の入口に立ち止まった。そして、振り返って夜の闇を透かし見た。

尾行して来る人影や気配は窺えない……。

榊原は見定め、再び五感を研ぎ澄まして歩き出した。

才蔵は、愛宕下大名小路の入口にある大名屋敷の長屋門の屋根の上に身を起こした。そして、長屋門の屋根伝いに榊原を追った。

榊原は、大名小路を抜けて増上寺の北に出て、愛宕山《あたごやま》に向かった。

才蔵は、連なる大名旗本の屋敷の屋根を使って巧みに尾行《つけ》た。

榊原は、時の鐘の前を通って芝《しば》の切通し坂に入った。

切通しには寺が連なっていた。

榊原は、連なる寺の一つに入った。

才蔵は、榊原を追って寺の境内に忍び込んだ。

榊原は、燈籠《とうろう》の明かりを頼りに境内を進み、本堂の裏に進んだ。

才蔵は、本堂の屋根に跳んだ。

本堂の裏には家作があった。

榊原は、背後を振り返って不審のないのを見定めて家作に入った。

才蔵は、本堂の屋根の縁に潜んで見届けた。
榊原が燭台《しょくだい》に火を灯《とも》したのか、家作の障子に明かりが映えた。
榊原は、寺の家作を借りて一人で住んでいるのだ。
見届けた……。
才蔵は、緊張から解き放たれ、本堂の屋根の上に大の字になって大きく息をついた。
夜空には星が煌《きら》めき、静寂は音もなく沈んでくる。
才蔵は、星の煌めきと静寂に身を委《ゆだ》ねた。
突き止められて良かった……。
才蔵は、榊原の行き先を無事に突き止めたのをささやかに喜んだ。
行燈《あんどん》の火は不安げに揺れた。
喬四郎は、借りている小網町《こあみちょう》の長屋に義十を担ぎ込んだ。
義十の蒼白《あおじろ》い顔には、既に死相が浮かび始めていた。
町医者は、義十の傷の様子を見て首を横に振った。
「手遅れか……」

義十は、町医者の顔色を読んだ。

「うむ。最早、儂《わし》にはどうにも出来ぬ」

町医者は眉《まゆ》をひそめた。

「そうか。それも此《こ》の者の運命だ。造作を掛けたな」

「いや。役に立たなくて済まぬ……」

町医者は詫《わ》び、長屋の狭い家から帰って行った。

喬四郎は、気を失っている義十を厳しい面持ちで見つめた。そして、気付薬を出して嗅《か》がせた。

義十は、微かに呻《うめ》いた。

「義十、眼を覚ませ、義十……」

喬四郎は呼び掛けた。

義十は、僅《わず》かに眼を開けた。

「牛頭馬頭の義十、お前の背後に潜んでいる者は何処の誰だ……」

喬四郎は訊《き》いた。

義十は、僅かに開けた眼を瞑《つぶ》った。

「義十、そいつはお前が俺に捕えられ、己の名の出るのを恐れ、口を封じる為、榊原に斬らせ、使い棄てにしたのだ。それでも義理立てするのか……」

「し、知らねえ……」

義十は、己の死期を悟っているのか、眼を瞑ったまま淡々と告げた。

「知らないだと……」

喬四郎は眉をひそめた。

「お、俺は榊原兵衛《ひょうえ》に金で雇われただけだ」

「榊原兵衛、何者なのだ……」

「知らねえ……」

榊原兵衛は、己の素性を隠し、背後に潜む者を辿《たど》られるのを防いでいたのだ。

「ならば、榊原兵衛とどうして知り合った」

「おつたの口利きだ……」

「おつた……」

義十は、妾《めかけ》のおつたの口利きで榊原兵衛と逢《あ》った。

「ああ……」

「雇われた金と押し込みで奪った金。金が手に入るなら他の事はどうでも良いか……」

「ああ……」
義十は、頰を引き攣《つ》らせた。
笑った……。
喬四郎は、義十が笑ったのに気付いた。
義十は、頰を引き攣らせて笑みを浮かべたまま絶命した。
喬四郎は、義十の死を見定めた。
盗賊牛頭馬頭の義十とその一味は始末した。
喬四郎は、江戸の御庭番として上様に命じられた役目を終えた。
榊原兵衛……。
だが、牛頭馬頭の義十の背後には、榊原兵衛と云う武士が潜んでいた。
義十は、榊原に雇われた金と押し込みで奪った金を手に入れていた。
榊原兵衛は、何故に盗賊牛頭馬頭の義十を金で雇い、押し込みを働かせたのか……。
喬四郎は想いを巡らせた。
義十の妾のおつたは、榊原兵衛とどんな拘《かか》わりがあるのか……。
何《いず》れにしろ、おつたとは一刻も早く逢わなければならない。

才蔵は、榊原兵衛の行き先を突き止めたのか……。

喬四郎は、義十の死体を始末して才蔵の帰りを待つ事にした。


夜明けが近付いた。

才蔵は、小網町の長屋に帰って来た。

「義十は……」

才蔵は眉をひそめた。

「死んだ……」

「そうですか……」

「して、榊原兵衛の行き先、突き止めたのか」

「はい……」

「何処だ」

「芝の切通し坂近くにある正徳寺《しょうとくじ》と云う寺の家作に……」

才蔵は告げた。

「正徳寺か……」

喬四郎は緊張を浮かべ、愛宕下の切絵図を広げた。

「此の寺か……」

喬四郎は、時の鐘から切通し坂を辿り、一軒の寺を指し示した。

「ええ……」

才蔵は、喉《のど》を鳴らして頷《うなず》いた。

喬四郎の示した寺には、正徳寺と書かれていた。

「榊原兵衛は、此の正徳寺の家作に入ったのだな」

「間違いありません」

才蔵は頷いた。

「して、一人暮らしなのか……」

「はい……」

才蔵は、榊原が入ってから暗い家作に明かりが灯されたのを思い浮かべた。

「そうか……」

「で、どうします」

才蔵は、喬四郎の指示を仰いだ。

「うむ。引き続き、榊原兵衛を見張ってくれ。私は盗賊牛頭馬頭の義十が死んだ事を報《しら》せてから、妾のおつたを見張る」

「おつたを……」

「義十に榊原兵衛を引き合わせたのは、妾のおつただそうだ」

喬四郎は告げた。

「そうなんですか……」

「うむ……」

「それにしても義十、榊原に斬られるとは思わなかったでしょうね」

「ああ。だが義十、最期は笑って死んだ」

「笑って……」

「所詮《しょせん》、外道働きの盗賊。いつかはそうなると覚悟をしていたのかもしれぬ」

「そうですか……」

「何れにしろ才蔵。榊原兵衛の素性と背後に潜む者だ……」

喬四郎は冷徹に告げた。

小鳥の囀《さえず》りが響いていた。

佐奈は、眼を覚まして明るい障子を見た。

明るい障子には、木の枝に止まって囀る小鳥の影が映っていた。

雨戸は閉めて寝た筈《はず》……。

佐奈は戸惑いを浮かべ、起き上がって障子を開けた。

喬四郎が、庭の掃除をしていた。

「お前さま……」

佐奈は驚いた。

「やあ。起きたか……」

「は、はい。いつお戻りに……」

「夜明け前にな……」

「そうでしたか。御無事なお帰り、祝着にございます」

佐奈は、縁側に手を突いて頭を下げた。

「うむ……」

喬四郎は、己を待っていてくれる者のいるのを実感した。

喬四郎は、舅《しゅうと》の左内と姑《しゅうとめ》の静乃に挨拶《あいさつ》をした。

左内は、初めての御役目を無事に終えたのを喜んだ。

「それが義父《ちち》上、盗賊牛頭馬頭の義十一味は片付けたのですが、背後に潜む者がおりましてね」

「背後に潜む者……」

「はい。素性の分からぬ武士です」

「ほう。して、どうする……」

「さあて、私は御庭番、上様次第……」

喬四郎は、屈託のない笑みを浮かべた。

第二章　赤馬奔る

一

江戸城本丸の御休息御庭には陽差しが溢《あふ》れ、微風《そよかぜ》が吹いていた。

吉宗は、政務の合間に御休息御庭に出て四阿《あずまや》に立ち寄った。

四阿の傍には、御庭之者倉沢喬四郎が控えていた。

「倉沢喬四郎か……」

「はっ……」

「近う……」

吉宗は招いた。

喬四郎は、僅《わず》かに進んだ。

「盗賊牛頭馬頭《ごずめず》の始末、終ったか……」

命令を受けた御庭番が現れるのは、命令を果たした証《あかし》だ。

「昨夜遅く、日本橋で……」

「うむ……」

「ですが、頭《かしら》の牛頭馬頭の義十を斬ったのは素性の分からぬ武士にございます」

「仔細《しさい》を話してみよ」

吉宗は眉《まゆ》をひそめた。

「はっ。牛頭馬頭の義十、素性の分からぬ武士に雇われ、江戸を荒らし廻《まわ》っておりました」

「盗賊を雇い、江戸を荒らした……」

吉宗は、厳しさを滲《にじ》ませた。

「はい。そして、素性の分からぬ武士が、義十が捕えられるのを恐れ……」

「口を封じたか……」

吉宗は、睨《にら》みの鋭さをみせた。

「はっ……」

「ならば、江戸を荒らした理由は……」

「未《ま》だにございます」

喬四郎は落ち着いていた。

「だが、突き止める手立てはあるか……」

吉宗は、喬四郎の落ち着きを読んだ。

「はい……」

「ならば、その武士の素性を割り、江戸を荒らした理由を突き止めよ」

吉宗は命じた。

「ははっ……」

喬四郎は平伏《へいふく》した。


芝切通しの正徳寺は、住職と寺男だけの古く小さな寺だった。

才蔵は、本堂の屋根に潜んで裏庭にある家作を見張っていた。

榊原兵衛は、家作に入ったまま動く気配を見せなかった。

盗賊牛頭馬頭の義十一味が喬四郎に始末され、小肥《こぶと》りの武士が戻らないのに警戒をしているのかもしれない。

才蔵は、榊原兵衛の腹の内を読んだ。

用心深い奴……。

榊原は、探りを入れて来る者がいるかどうか見定めようとしている。
もしそうなら、探りを入れるのは愚かな真似だ。
今は見張るしかない……。
才蔵は、榊原が動くのを辛抱強く待つしかないと決めた。
風が吹き抜け、木々の梢《こずえ》が揺れた。

日本橋川の流れは、外濠《そとぼり》と大川を繋《つな》いでいる。
借りた長屋は、その日本橋川沿いの小網町二丁目、思案橋《しあん》の近くにあった。
喬四郎は、借りた長屋に立ち寄ってから浜町堀、富沢町に向かった。

浜町堀富沢町の裏通りには、物売りの声が長閑《のどか》に響いていた。
喬四郎は、板塀に囲まれた仕舞屋《しもたや》を眺めた。
仕舞屋に変わった気配は窺《うかが》えなかった。
妾《めかけ》のおつたは、旦那《だんな》の義十の死を未だ知らないのかもしれない。
それは、榊原兵衛がおつたの許《もと》を訪れていない証とも云える。
喬四郎は、おつたが義十と榊原兵衛を引き合わせたのが気になっていた。

おつたは、只《ただ》の妾奉公の女なのか……。

喬四郎は想いを巡らせた。

女の仕事は少なく、武家や商家の女中などの奉公人、芸者、音曲、生花、裁縫の師匠。そして、妾奉公を生業《なりわい》にする者もあった。

榊原兵衛と拘《かか》わりがある限り、只の妾奉公の女ではないのかもしれない。

喬四郎の勘が囁《ささや》いた。

榊原兵衛は、おつたと繫《つな》ぎを取りに来るかもしれない。

仕舞屋を見張る……。

喬四郎は決め、斜《はす》向かいの小さな煙草屋に向かった。


煙草屋の老爺《ろうや》は、壁に寄り掛かって居眠りをしていた。

「やあ、父っつあん……」

「いらっしゃい。何だ、お侍か……」

老爺は眼を覚まし、訪れた者が喬四郎と知って笑った。

「国分を貰《もら》おうか……」

喬四郎は、煙草を買って一朱銀を渡した。

「こいつは釣が面倒だな」

老爺は、白髪眉をひそめた。

「だったら取っておきな」

「お侍……」

老爺は驚いた。

一朱は十六分の一両であり、庶民には大金と云える。

「いつも世話になっているからな」

喬四郎は笑い、店先の縁台に腰掛けて煙草盆を引き寄せた。

「そうかい。じゃあ、茶でも淹《い》れるか……」

老爺は、嬉《うれ》しげに一朱銀を握り締めて居間に入って行った。

喬四郎は、煙草を燻《くゆ》らしながら仕舞屋を眺めた。

仕舞屋の板塀の木戸が開いた。

喬四郎は煙草を燻らせた。

木戸から老婆が現れ、辺りを見廻した。

飯炊きの婆さん……。

喬四郎は見定めた。

老婆は木戸の内に入り、代わって粋《いき》な形《なり》の細身の年増《としま》が木戸から出て来た。

妾のおつた……。

喬四郎は見定めた。

おつたは、老婆に何事かを告げて浜町堀に向かった。

老婆は見送り、木戸を閉めた。

喬四郎は、おつたを追った。

「おまちどおさま……」

老爺が、茶を持って出て来た。

「あれ。お侍……」

老爺は、喬四郎がいないのに戸惑った。

「折角、茶を淹れたのに……」

老爺は、淹れた茶を飲んだ。

「美味《うめ》え……」

老爺は、歯のない口で笑った。

仕舞屋の板塀の木戸が開き、老婆が竹籠《たけかご》を持って出て来た。

買い物か……。

老爺は、茶を飲みながら眺めた。

老婆は、煙草屋の老爺を馬鹿にしたように一瞥《いちべつ》し、人形町に向かって行った。

「ふん。おときの婆《ばば》あ、気取りやがって……」

老爺は罵《ののし》った。

浜町河岸には三味線の音が洩《も》れていた。

おつたは、堀端を南に進んだ。

喬四郎は尾行《つけ》た。

おつたは、浜町堀に架かっている高砂橋《たかさご》の袂《たもと》の船宿の暖簾《のれん》を潜った。

喬四郎は、高砂橋から船宿を窺った。

船宿の風に揺れる暖簾には、『若菜《わかな》』の文字が染め抜かれていた。

船を雇って何処かに行くのか、それとも船宿で誰かと落ち合うのか……。

もし、落ち合うとしたなら、相手は榊原兵衛なのかもしれない。

何《いず》れにしろ船だ……。

喬四郎は、高砂橋の下の船着場を窺った。

船着場では、船宿『若菜』の印半纏《しるしばんてん》を着た中年の船頭が屋根船の手入れをしていた。

船宿『若菜』から出て来た女将《おかみ》が、屋根船の中年の船頭に声を掛けた。

「親方、深川の木置場迄《まで》お願いしますよ」

「へい……」

中年の船頭は頷《うなず》いた。

女将は、船宿『若菜』に戻った。

深川の木置場……。

おつたは、深川木置場の近くの武家屋敷に行くのかもしれない。

喬四郎は睨《にら》んだ。

おつたが、女将と一緒に船宿『若菜』から出て来て船着場に降りた。

睨み通りだ……。

おつたは、屋根船を雇って深川の武家屋敷に行くのだ。

喬四郎は、浜町堀を眺めた。

丁度良い空き船は、浜町堀の何処にも見当たらなかった。

屋根船はおつたを乗せ、浜町堀を大川に向かって進み始めた。

喬四郎は、大川に架かっている新大橋に急いだ。

新大橋は浜町河岸の広小路にあり、大川を渡ると深川だ。そして、直ぐ近くにある小名木川沿いを東に進めば横川に出る。その横川を南に行けば木置場だ。

喬四郎は急いだ。


正徳寺には住職の読む経が響いていた。

才蔵は本堂の屋根に潜み、経を聞きながら裏の家作を見張った。

家作を訪れた者は、朝から正徳寺の寺男だけだった。

寺男は、榊原兵衛に何事かを告げて直ぐに戻って行った。そして、僅《わず》かな刻《とき》が過ぎ、榊原兵衛が家作から出て来た。

漸《ようや》く動く……。

才蔵は、退屈な見張りを終える喜びと湧き上がる緊張を交錯させた。

榊原は、本堂裏の家作から境内に出た。

才蔵は見守った。

榊原は編笠《あみがさ》を被《かぶ》り、住職の経を背に受けて正徳寺を出て行った。

才蔵は、本堂の屋根から降り、植込み伝いに榊原を追って正徳寺を出た。

深川木置場の空では、鳶《とび》が鳴きながら長閑《のどか》に輪を描いていた。

おつたは、仙台堀に架かっている崎川橋の船着場で屋根船を降り、武家屋敷に向かった。

武家屋敷は静寂に包まれていた。

おつたは、武家屋敷の様子を窺《うかが》った。そして、閉められた表門脇の潜り戸を開けようとした。

潜り戸は開いた。

おつたは戸惑った。そして、戸惑いながらも潜り戸から武家屋敷に踏み込んだ。

武家屋敷に人影はなかった。

おつたが武家屋敷内に入った瞬間、背後で潜り戸が音を立てて閉まった。

おつたは振り返った。

二人の浪人が、閉めた潜り戸を塞《ふさ》ぐように薄笑いを浮かべていた。

おつたは、思わず後退《あとずさ》りした。

着流しの若い侍が、おつたの背後に現れた。

おつたは、三人の侍に囲まれて逃げ場を失った。

「女、何か用か……」

浪人たちは、薄笑いを浮かべておつたに迫った。

「な、なんだい、私は此処《ここ》にいる知り合いを訪ねて来ただけだよ。お侍さんたちこそ何なんだい」

おつたは、湧き上がる怯《おび》えを必死に隠して三人の侍を睨み付けた。

刹那《せつな》、着流しの若い侍が、おつたの頬を平手打ちにした。

おつたは、平手打ちに鳴った頬を押えてよろめいた。

「女、盗賊の牛頭馬頭一味の者だな……」

着流しの若い侍は、薄気味の悪い作り笑いを浮かべた。

おつたは、微《かす》かな恐怖を覚えた。

「どうやら、違いねえようだな」

「知らない。私は盗賊なんて知らないよ」

「惚《とぼ》けても無駄だ。女、牛頭馬頭一味の者共は、昨夜遅く茶道具屋の前で得体の知れねえ男に殺されたそうだ」

「そ、そんな……」

おつたは驚いた。

「侍長屋に仙吉と云う奴が深手を負っていてな……」

「仙吉が……」

「ああ。助けて貰《もら》いたい一心で何もかも話してくれたぜ」

着流しの若い侍は嘲笑《ちようしよう》した。

おつたは、侍長屋に行こうとした。

着流しの若い侍は、おつたの腕を素早く摑《つか》んだ。

「何処に行く……」

「離して……」

おつたは、着流しの若い侍の手を振り払おうとした。

「此《こ》の青山右近《うこん》の屋敷で、勝手な真似はさせねえ」

青山右近と名乗った着流しの若い侍は、おつたを乱暴に突き飛ばした。

おつたは、前庭に倒れ込んだ。

土埃《つちぼこり》が舞い上がった。

「それに、仙吉ならもう此処にはいねえ」

「いない……」

おつたは戸惑った。

「ああ……」

「いないって、仙吉は深手を負って……」

「のたうち廻《まわ》って苦しんでいたから、楽にしてやった」

「殺したのかい……」

おつたは眉《まゆ》をひそめた。

「今頃は本物の牛頭馬頭に責められている筈《はず》だ。見届けに行くが良《い》い……」

右近は、酷薄に云い放って刀を抜いた。

おつたは、閉められている表門に後退りした。

右近は、おつたに刀を突き付けて進んだ。

二人の浪人は、薄笑いを浮かべて見守った。

おつたは、閉められている表門に追い詰められた。

「女、殺すには勿体《もったい》ねえが、これ以上、俺の屋敷を薄汚ねえ盗賊の好きにはさせねえ」

右近は、おつたの喉《のど》に刀の鋒《きっさき》を当てた。

「良いのかい。牛頭馬頭の義十の隠し金が分からなくなっても……」

おったは、喉を引き攣《つ》らせて叫んだ。

「隠し金……」

右近は戸惑った。

「ああ。牛頭馬頭の義十の隠し金だよ」

「義十の隠し金……」

右近の刀の鋒が揺れた。

「右近どの……」

二人の浪人が、おったを殺すなと目顔で止めた。

「ああ。で、義十の隠し金。幾らあるんだ」

右近は訊《き》いた。

「三千両ですよ」

「三千両……」

右近は驚き、思わず刀を引いた。

おったは、吐息を洩《も》らして喉を鳴らした。

「女、名前は何と云う」

「おった……」

「おつた。何故、牛頭馬頭の義十の隠し金を知っているのだ」

「囲われているんですよ、義十に……」

おつたは、開き直ったかのように鼻の先で笑った。

「そうか、義十の情婦《おんな》か……」

右近は、おつたの素性を知った。

「仙吉、義十がどうしたか、何か云っていませんでしたか……」

おつたは尋ねた。

「牛頭馬頭一味は、得体の知れねえ化物に皆殺しにされたと云っていた」

「じゃあ、義十も……」

おつたは、義十の消息を知った。

「きっとな。で、おつた、義十の隠し金、何処にあるのだ」

「右近の旦那《だんな》。教えたら殺されると知っていて、教える馬鹿はいませんよ」

おつたは苦笑した。

「その通りだな。よし、おつた、詳しい事を聞かせて貰おうか……」

右近は、狡猾《こうかつ》な笑みを浮かべた。

喬四郎は、おつたと着流しの旗本青山右近の話を聞いた。

表門の屋根に潜んで聞いた。

盗賊の牛頭馬頭の義十の隠し金は本当にあるのか……。

おつたの窮余の一策ではないのか……。

そして、旗本の青山右近と榊原兵衛とどのような拘《かか》わりがあるのか……。

喬四郎は想いを巡らせた。

事は思わぬ方に動くのかもしれない。そして、それは榊原兵衛の素性を割り出し、江戸を荒らした理由を突き止める手立てになるかもしれない。

暫《しばら》く泳がせる……。

喬四郎は決めた。

二

三縁山《さんえんざん》増上寺は参拝客で賑《にぎ》わっていた。

榊原兵衛は、増上寺の境内と大門を抜けて飯倉神明宮《いいぐらしんめいぐう》の門前に出た。

飯倉神明宮の鳥居の前は料理屋、茶店、土産物屋などがあり、客が行き交っていた。

榊原は茶店を訪れ、茶店娘に何事かを尋ねた。

茶店娘は笑顔で頷《うなず》き、榊原を奥の部屋に誘《いざな》った。

誰かと待ち合わせをしていた……。

才蔵は茶店に入り、縁台に腰掛けて茶店娘に茶を頼んだ。

「それから、ちょいと厠《かわや》を貸しちゃあ貰えないかな」

才蔵は、困り果てたような顔で頼んだ。

「どうぞ、裏ですよ」

茶店娘は、笑顔で奥の部屋の先にある板戸を示した。

「忝《かたじけ》ねえ……」

才蔵は、足早に茶店の奥に進み、板戸を開けて裏に出た。

茶店の裏庭は狭く、隅に厠があった。

才蔵は、母屋の障子の閉められた窓に忍び寄り、部屋の中の様子を窺《うかが》った。

「では、牛頭馬頭の義十、得体の知れぬ忍びの者に捕えられそうになったのか……」

男か女か分からない年寄りの嗄《しわが》れ声が聞こえた。

「はい。盗賊牛頭馬頭の義十が江戸を荒らすのも潮時、お頭《かしら》の指図通り口を封じる手筈《てはず》だったのですが、慌てて斬り棄てました」

榊原の苦笑を滲《にじ》ませた声がした。

「忍びの者か……」

嗄れ声に戸惑いが滲んだ。

「ええ。お頭、白崎栄助《しらさきえいすけ》が報《しら》せに行かなかったのですか……」

「うむ。白崎は来なかった……」

「ならば白崎、忍びの者に斬られたか……」

榊原は、小肥《こぶと》りな身体でも敏捷《びんしょう》だった配下の白崎栄助を思い出した。

「おのれ。榊原、その忍びの者、どのような謂《い》われの者かな……」

「公儀の手の者か、我が藩に敵対する何者かが放ったものかと……」

榊原は読んだ。

「公儀か敵対する者か……」

「はい……」

「よし。配下の者共に調べさせよう。して榊原、次なる企てだが……」

嗄れ声が告げた。

才蔵は、嗄れ声に聞き耳を立てた。

刹那《せつな》、窓の障子から白刃が鋭く突き出された。

才蔵は、咄嗟《とっさ》に躱《かわ》して地を蹴《け》り、裏の家の屋根に跳んで伏せた。

窓の障子を開け、榊原が厳しい顔を見せた。

才蔵は、嗄れ声の頭が顔を見せるのを期待した。しかし、嗄れ声の頭が窓辺に寄る事はなかった。

榊原は、辺りを厳しく窺って窓の障子を閉めた。

此迄《これまで》だ……。

才蔵は、裏の屋根の上から飛び降り、茶店の縁台に戻った。

茶は温《ぬる》くなっていた。

才蔵は、茶店の縁台で茶を飲み、奥の部屋から榊原と嗄れ声の頭が出て来るのを待った。

分かったのは、榊原兵衛と嗄れ声の頭たちが何処かの藩の者であり、牛頭馬頭の義十たちに暴れさせ、新たな悪事を企《たくら》んでいる。

新たな悪事とは何なのか……。
才蔵は、温い茶を飲みながら想いを巡らせた。
僅《わず》かな刻《とき》が過ぎた。
茶店の奥の部屋から榊原が現れ、茶店娘に金を払って出て行った。
どうする……。
才蔵は、榊原を追うか、嗄れ声の頭が出て来るのを待つか迷った。
嗄れ声の頭が出て来るのを待つ……。
才蔵は決めた。そして、参拝客で賑わう門前町を去って行く榊原を見送った。
榊原は人混みに消えた。
才蔵は、茶店娘に茶のお代りを頼んだ。
四半刻《しはんとき》（三十分）が過ぎた。
嗄れ声の頭と思われる者は、奥の部屋から出て来なかった。
どうした……。
才蔵は戸惑った。
「姉さん、奥の部屋のお客、未《ま》だいるのかい」
才蔵は、茶店娘に探りを入れた。

「いいえ。もうお帰りになりましたよ」

茶店娘は、屈託なく微笑んだ。

「帰ったって、お武家と一緒にいた嗄れ声の人だぜ」

才蔵は焦った。

「嗄れ声の人って、奥の部屋のお客さまはお武家さまお一人でしたが……」

茶店娘は、戸惑いを浮かべた。

「えっ。だけど、お武家が来て……」

「はい。半刻（一時間）程、部屋を借りたいと使いの方が見えて、それからお武家さまが……」

茶店娘は告げた。

嗄れ声の頭は、奥の部屋の窓から出入りをしたのかもしれない。

才蔵は睨《にら》み、嗄れ声の頭の慎重さを思い知らされた。

「じゃあ、使いの方ってのは……」

才蔵は、僅かな手掛りに縋《すが》った。

「さあ、何処かのお店《たな》の小僧さんでしたよ」

茶店娘は首を捻《ひね》った。

「そうか……」

僅かな手掛りは、呆気《あつけ》なく切れた。

才蔵は、榊原が戻った筈《はず》の正徳寺の家作に急いだ。

飯倉神明宮の門前町の賑《にぎ》わいは続いた。

青山屋敷の天井裏には埃《ほこり》が積もり、蜘蛛《くも》の巣が至る処に張っていた。

喬四郎は忍び込んだ。

鼠や虫が一斉に姿を消した。

喬四郎は、天井裏の梁《はり》の上に潜み、天井板に坪錐《つぼぎり》で開けた小さな穴を覗《のぞ》いた。

小さな穴の下は台所であり、青山右近、おつた、二人の浪人が囲炉裏端にいるのが見えた。

喬四郎は窺った。

台所の囲炉裏の灰は冷え、固くなっていた。

青山右近は、固くなった灰を崩して火を熾《おこ》した。

火は炎を揺らして燃え上がった。

浪人が囲炉裏の鉤手《かぎて》に鉄瓶《てつびん》を掛けた。

「して、おつた、牛頭馬頭の義十の隠し金二千両。如何《いか》にすれば手に入るのだ」

右近の蒼白《あおじろ》い顔に、揺れる炎が映えた。

「牛頭馬頭の義十の隠れ家は、私の家の他に浅草橋場《あさくさはしば》にありましてね。そこに隠してあるんですよ」

おつたは、楽しそうな笑みを浮かべた。

「浅草橋場の隠れ家か……」

右近は眉《まゆ》をひそめた。

「ええ……」

「おつた、命惜しさに出任せを云っているのではあるまいな」

右近は、おつたを厳しく見据えた。

「そう思うのなら、さっさと殺せば良《い》いでしょう」

おつたは苦笑した。

「どうする、岡田《おかだ》、今村《いまむら》……」

右近は、浪人たちに尋ねた。

「取立てて殺す迄《まで》もない女だ。此処《ここ》は義十の隠し金を探してからでも遅くはあるまい」

浪人の岡田は笑った。

「俺もそう思う……」

今村は頷《うなず》いた。

「よし。ならば岡田、今村、食詰めを何人か集めて来い」

右近は命じた。

「心得た」

岡田と今村は出て行った。

「右近の旦那《だんな》、そろそろ帰しちゃあくれませんか……」

おつたは、科《しな》を作って右近に笑い掛けた。

「帰せだと……」

「ええ。帰らなければ婆やが心配して……」

「町奉行所にでも届けるか……」

右近は嘲笑《あざわら》った。

「それなら良いんですが、殺された義十の仲間の榊原兵衛って侍が黙っちゃあいませんよ」

「榊原兵衛だと……」

右近は、蒼白い顔に憎悪を露《あらわ》にした。

「あら、御存知ですか……」

「ああ。俺の所業を目付に報《しら》せると脅し、屋敷を黙って貸せと抜かしやがった」

「それで、御旗本の御屋敷が盗賊の隠れ家になったんですか……」

おつたは、蔑《さげす》みを過《よ》ぎらせた。

「二親も死に、親類や奉公人にもとっくに見限られ、一人暮らしの屋敷。それに月の殆《ほとん》どは賭場《とば》か女郎屋。盗賊の隠れ家に貸した処で不都合はあるまい」

右近は己を嘲笑った。

「そうだったんですか……」

おつたは笑った。

「可笑《おか》しいか……」

「ええ。何だか誰かと似ているような気がしましてね」

「誰かと似ている……」

右近は眉をひそめた。

「ええ……」

「哀れな奴だ……」

「そう。哀れな奴なんですよ」

おつたは、淋《さび》しげに笑った。

「おつた、俺たちが義十の隠し金二千両を奪えば、榊原の鼻を明かせるかな……」

右近は、囲炉裏で燃え上がる蒼白い炎を見つめた。

「きっと……」

おつたは頷いた。

「おつた、誑《たぶら》かした時は斬る……」

右近の蒼白い顔には、奢《おご》りも昂《たか》ぶりも殺気もなかった。

「ええ。どうぞ……」

おつたは艶然《えんぜん》と微笑んだ。

囲炉裏に焼《く》べられた薪が爆《は》ぜ、火花が飛び散った。

旗本青山右近と妾《めかけ》稼業のおつた……。

喬四郎は、右近とおつたに通じる何かを感じた。

右近は、おつたを家に帰した。

喬四郎は追った。

青山右近が榊原兵衛に敵対している限り害はなく、寧《むし》ろ利用出来る。

おったは、屈託のない足取りで小名木川沿いの道を大川に進んだ。

小名木川の流れは西日に煌《きら》めいた。

喬四郎は、眩《まぶ》しげに眼を細めた。


家作は雨戸を閉めていた。

才蔵は、榊原兵衛が正徳寺の家作から姿を消したのに気が付いた。

してやられた……。

才蔵は臍《ほぞ》をかんだ。

どうする……。

才蔵は焦った。

残る手立ては、正徳寺の住職と寺男に訊《き》くだけだ。しかし、住職と寺男は、榊原と通じているのかもしれない。

迂闊《うかつ》な真似は出来ない……。

才蔵は、家作に忍び込んで榊原兵衛の痕跡《こんせき》を捜す事にした。

夕暮れ時が訪れた。

おつたは、何処かに寄ることもなく浜町堀富沢町の仕舞屋《しもたや》に帰った。

喬四郎は見届けた。

仕舞屋から微《かす》かに味噌汁《みそしる》の匂いが漂っていた。

飯炊きの婆さんが、晩飯の仕度をしている。

おつたはもう動かない……。

喬四郎は見定めた。

行燈《あんどん》の明かりは、酒を飲む喬四郎と才蔵を仄《ほの》かに照らしていた。

「そうか。榊原兵衛、寺の家作から姿を消したか……」

喬四郎は眉をひそめた。

「はい。きっと、嗄《しわが》れ声の頭《かしら》と逢《あ》っている時に感じた私の気配を警戒しての事でしょう。不覚を取りました」

才蔵は恥じた。

「嗄れ声の頭か……」

「はい……」

才蔵は、悔しげに酒を飲んだ。

「それで才蔵。榊原兵衛は我らを公儀の手の者か、我が藩に敵対する者と云ったのだな」

「はい……」

「我が藩と云ったからには、榊原兵衛は大名家の者だな」

喬四郎は睨《にら》んだ。

「じゃあ……」

才蔵は緊張した。

「うむ。此《こ》の一件、背後には何処かの大名家が潜んでいる」

喬四郎は云い放った。

「はい……」

才蔵は喉《のど》を鳴らした。

「それで、榊原と嗄れ声の頭、又何かを企《たくら》んでいるのか……」

「はい。その企みが何かは分かりませんがね」

「うむ……」

大名家家臣の榊原兵衛たちが、牛頭馬頭の義十を使って江戸を騒がせ、又何かを企てている。

その狙いは何なのだ……。

何《いず》れにしろ、榊原兵衛の素性と背後に潜む者が僅《わず》かに割れた。

「処で喬四郎さま、妾のおつた、深川の屋敷に行ったのですか……」

「うむ。昨夜、義十が戻らなかったのが気になっての事のようだ」

「それで、牛頭馬頭の義十の隠し金、本当なんですかね」

才蔵は首を捻《ひね》った。

「次々と大店《おおだな》を荒らし廻《まわ》ったんだ。奪った金を遣う暇《いとま》もなかったろう」

「そいつを貯めて隠してありますか……」

「おそらくな……」

「で、青山右近が食詰め浪人を集めて隠し金を探し始めますか……」

「うむ。青山右近は榊原兵衛を憎み、出し抜こうとしている」

「使えますかね……」

才蔵は笑った。

「ああ。隠し金を探す青山右近たちは、榊原兵衛にとって邪魔なだけだからな」

「それにしても妾のおつた。青山右近を新しい旦那《だんな》にしようって魂胆なんですかね」

「さあな……」

喬四郎は、妾のおつたの腹の内が良く分からなかった。だが、おつたが青山右近に抱いた感情は、決して悪いものだけではない筈《はず》だ。

それにしても、榊原兵衛は盗賊騒ぎの次に何を企んでいるのか……。

喬四郎は酒を飲んだ。

半鐘の打ち鳴らされる音が遠くに響いた。

「赤馬ですか……」

才蔵は眉《まゆ》をひそめた。

〝赤馬〟とは、火事や放火の隠語である。

「うむ……」

喬四郎は頷《うなず》いた。

夜空に半鐘の音が響き渡っていた。

喬四郎と才蔵は、小網町の長屋を出て思案橋に佇《たたず》み、半鐘の鳴り響く夜空を見廻した。

北の夜空に火の手と煙りが見えた。

「神田の辺りですかね……」

「うむ……」

炎と煙りがあがり続け、半鐘は打ち鳴らされ続けた。

「火元は大変ですね」

才蔵は、火事を出した者に同情した。

失火は、十軒以上に類焼しなければ無罪だが、将軍御成の日や火事の広がりや原因によって三十日、二十日、十日の押込めとなった。

罪は意外に軽いが、その土地には住み難《にく》くなり、引っ越しを余儀なくされる。だが、放火の罪は容赦なく重く、火罪、すなわち火焙《ひあぶ》りの刑に処せられる。

界隈《かいわい》の者たちが集まり、燃え続ける火事を恐ろしげに眺めた。

喬四郎は、不意に〝赤馬〟と云う言葉に衝《つ》き上げられた。

赤馬……。

火事は赤馬、付け火なのかもしれない。

もし、付け火ならば、榊原兵衛と嗄れ声の頭の次の企てなのだ。

喬四郎の勘が囁《ささや》いた。

「才蔵、火事場に行くぞ」

喬四郎は、才蔵を伴って夜空に躍る火の手に向かって急いだ。


火事は既に数軒の家を焼き尽くし、尚《なお》も広がっていた。

人々は悲鳴をあげて逃げ惑い、火事場は混乱していた。

火事場は神田豊島町《としまちょう》二丁目であり、火元は潰《つぶ》れた荒物屋で空き家だった。

神田豊島町を管轄する町火消は一番組であり、い・は・に・よ・万の五組のすべてが出動し、懸命の消火に当たっていた。

喬四郎と才蔵は聞き込みをし、遠巻きにしている野次馬たちの背後で落ち合った。

「どうだった……」

「はい。火元は空き家で、気が付いた時には横手の板壁がかなり燃えていたそうです」

「うむ。皆が慌てて火事場に駆け付けて来た時、半纏《はんてん》を着た男が一人、足早に立ち去って行ったそうだ」

「じゃあ、赤馬ですか……」

才蔵は眉をひそめた。

「間違いあるまい」

喬四郎は頷いた。

「酷《ひど》い真似をしやがる……」

才蔵は、怒りを滲《にじ》ませた。

「才蔵、この付け火、ひょっとしたら榊原兵衛たちの企てかもしれぬ」

「榊原の……」

「うむ。だとしたら榊原は、おそらく見届けに来ている筈だ。界隈の飲み屋や飯屋を廻り、榊原の人相風体を告げ、来ていなかったかどうか聞き込みをする」

「承知……」

喬四郎と才蔵は、二手に分かれて聞き込みに走った。

火消したちは、火事の風下の家を壊して火の燃え広がるのを必死に食い止めた。

火の勢いは次第に衰え、火事は漸《ようや》く鎮火に向い始めた。

火事騒ぎの時、豊島町一丁目の居酒屋にがっしりした体格の総髪の武士がいた。

総髪の武士は、荒物屋の火事が大騒ぎになった頃、いつの間にか姿を消していた。

榊原兵衛……。
喬四郎と才蔵は睨《にら》んだ。
やはり、荒物屋の付け火は榊原兵衛たちの企てた事なのだ。
一刻も早く、榊原兵衛の居場所を突き止めなければならない。
才蔵は、念の為に正徳寺に向かった。
榊原兵衛は、おつたの家に現れるかもしれない。
喬四郎は、浜町堀富沢町のおつたの家に急いだ。

浜町堀に架かる栄橋の船着場には屋根船が繋《つな》がれ、船頭と浪人の岡田がいた。
青山右近の仲間の岡田……。
岡田が待っているとなると、青山がおつたの家に来ているのかもしれない。
喬四郎は、おつたの家に急いだ。

富沢町の仕舞屋《しもたや》の前では、浪人の今村が板塀の木戸の隙間から中を窺《うかが》っていた。
喬四郎は、今村を横目に見ながら斜《はす》向かいの煙草屋を訪れた。
老爺《ろうや》は、白髪眉をひそめて今村を見ていた。

「おう。父っつあん……」

喬四郎は笑い掛けた。

「こりゃあ、お侍……」

老爺は、歯のない口元を綻《ほころ》ばせた。

「何だ、彼奴《あやつ》……」

喬四郎は今村を示した。

「着流しの侍と一緒に来てな。家に入った着流しが出て来るのを待っているようだ。借金でも取立てに来たのかな」

「ま、そんな処だろうな」

喬四郎は苦笑した。

青山右近は、おつたを連れて牛頭馬頭の義十の隠し金を取りに行くつもりなのだ。

「父っつあん、又な……」

喬四郎は、青山右近が来ているのを見定めて煙草屋を出た。

「あれ。茶、飲んで行かねえのか、お侍……」

老爺は戸惑った。

喬四郎は、浜町堀に急いだ。

三

喬四郎は、浜町堀に架かっている高砂橋の袂《たもと》の船宿『若菜』を訪れ、女将《おかみ》に猪牙《ちょき》舟《ぶね》を頼んだ。

猪牙舟は運良く客待ちをしていた。

喬四郎は、猪牙舟の船頭に浜町堀の出口に架かる川口《かわぐち》橋の船着場に行くように命じた。

猪牙舟は、喬四郎を乗せて浜町堀を下り、川口橋の船着場に船縁《ふなべり》を寄せた。

僅《わず》かな刻《とき》が過ぎた。

浜町堀を屋根船が下って来た。

屋根船の舳先《へさき》には岡田と今村が腰掛け、開け放たれた障子の内には青山右近とおつたが乗っていた。

睨み通りだ……。

屋根船は、浜町堀から大川に出て新大橋に進み、浅草橋場町にある牛頭馬頭の義十の隠れ家に行く。

喬四郎は読んだ。
屋根船は大川を遡《さかのぼ》った。
「よし。浅草の橋場にやってくれ」
喬四郎は、船頭に告げた。
船頭は返事をし、大川を遡って浅草橋場に向かった。
喬四郎を乗せた猪牙舟は、青山やおつたが乗った屋根船を追い抜いた。
浅草吾妻橋《あづま》を潜り、山谷《さんや》堀の前を抜けて尚も隅田《すみだ》川を遡ると浅草橋場町になる。
橋場町は寺と田畑の多い町だ。
喬四郎を乗せた猪牙舟は、橋場町の船着場に舳先を向けた。
船着場には、三人の人相の悪い浪人が屯《たむろ》していた。
青山右近が集めた食詰め浪人……。
喬四郎は読んだ。
猪牙舟は、船着場に船縁を寄せた。
喬四郎は猪牙舟を降り、食詰め浪人たちの前を通って物陰に入った。
おつたと青山右近たちの乗った屋根船が、船着場に到着した。

三人の食詰め浪人が、屋根船を降りる青山右近たちに駆け寄った。

喬四郎は見守った。


おつたは、青山右近と岡田や今村たち五人の浪人を船着場近くの茶店に誘《いざな》った。

茶店は大戸を閉め、板が斜め十文字に打ち付けられていた。

「此処《ここ》か……」

右近は眉《まゆ》をひそめた。

「ええ……」

おつたは頷《うなず》き、青山たちを伴って茶店の裏庭に廻《まわ》った。

喬四郎は、塗笠《ぬりがさ》を被《かぶ》って続いた。


草木の生い茂る裏庭の先には寺の古い土塀が続き、片隅に古い小さな祠《ほこら》があった。

「隠し金があるのは家の中か……」

右近は、雨戸を閉め切っている母屋を示した。

「きっと……」

おつたは頷いた。

右近は、岡田や今村たち五人の浪人に目配《めくば》せをした。

岡田と今村たち浪人は、雨戸を乱暴に外し始めた。

雨戸が外れ、板の間と続く二つの座敷に陽差しが差し込んだ。

岡田と今村たちは、家の中に踏み込んだ。

右近とおつたが続いた。

「何処だ。おつた……」

右近は、黴《かび》の臭いの漂う家の中を鋭い眼差《まなざ》しで窺った。

「右近の旦那《だんな》。盗賊の隠し金ですよ、その辺に置いちゃあいませんよ。探して下さいな」

おつたは笑った。

「聞いた通りだ。探せ」

右近は苦笑し、岡田や今村たちに命じた。

岡田と今村たち五人の浪人は、押し入れや戸棚などの中を調べ、畳をあげて天井裏を覗《のぞ》いた。

喬四郎は、庭の片隅にある古い小さな祠の陰から見守った。

不意に殺気を感じた。

喬四郎は、素早く辺りを窺った。

六人の頭巾《ずきん》を被った軽衫袴《かるさんばかま》の武士たちが、寺の古い土塀を乗り越えて現れた。

何者だ……。

喬四郎は、咄嗟《とっさ》に己の気配を消した。

六人の頭巾を被った軽衫袴の武士は、刀を抜き放って右近と岡田や今村たち浪人に猛然と斬り込んだ。

二人の食詰め浪人が、刀を抜き掛けながら血を飛ばして倒れた。

右近とおつた、そして岡田と今村たち浪人は驚き、狼狽《うろた》えた。

六人の頭巾を被った軽衫袴の武士は、組織立った容赦のない攻撃をした。

岡田と今村たち浪人は、必死に斬り結んだ。

右近は、おつたを連れて庭に逃れた。

「追え……」

頭分の軽衫袴の武士は、食詰め浪人を斬り棄てながら命じた。

二人の軽衫袴の武士は、返事をして右近とおつたを追った。

右近は、おつたの手を引いて茶店の表に走った。

二人の軽衫袴の武士は追った。

残った頭分の軽衫袴の武士と配下の者たちは、岡田と今村に刀を煌《きら》めかせて殺到していた。

右近は、おつたと船着場に走った。

二人の軽衫袴の武士は追い縋《すが》り、鋭く斬り掛かった。

右近は、刀を抜いて応戦した。

軽衫袴の武士の一人が、おつたに襲い掛かった。

おつたは、恐怖に凍《い》て付いた。

刹那《せつな》、喬四郎がおつたを庇《かば》うように現れ、抜き打ちの一刀を放った。

軽衫袴の武士は、首から血を飛ばして仰《の》け反り倒れた。

「お、おのれ……」

右近と斬り結んでいた軽衫袴の武士は、不意に現れて仲間を斬り棄てた喬四郎に驚いた。そして、驚きを必死に振り払い、喬四郎に斬り掛かった。

喬四郎は斬り結んだ。

右近は、おつたを連れて逃げた。

喬四郎は追い掛けようとした。だが、軽衫袴の武士は、必死に喬四郎に斬り付けた。

右近とおつたは、路地を曲がってその姿を消した。

喬四郎は、右近とおつたを追うのを諦《あきら》めた。

「誰の手の者だ……」

喬四郎は、軽衫袴の武士を見据えた。

「黙れ……」

軽衫袴の武士は、僅かに息を乱していた。

「榊原兵衛の手の者か……」

喬四郎は鎌《かま》を掛けた。

軽衫袴の武士は、微《かす》かに狼狽えた。

喬四郎は、軽衫袴の武士の反応を見逃さなかった。

軽衫袴の武士は、榊原兵衛の手の者なのだ。

捕えて榊原兵衛の素性を吐かせる……。

喬四郎は、軽衫袴の武士と斬り結び、その刀を弾《はじ》き飛ばした。

軽衫袴の武士は怯《ひる》んだ。

「此迄《これまで》だ。大人しく一緒に来て貰《もら》おう」

喬四郎は、軽衫袴の武士に刀を突き付けた。

軽衫袴の武士は仰け反った。

「訊《き》かれた事に答えれば、命はとらぬ……」

喬四郎は冷たく見据え、刀の鋒《きつき》を軽衫袴の武士の喉元《のどもと》に伸ばした。

軽衫袴の武士は後退《あとずさ》りをし、板塀に追い詰められた。

「榊原兵衛やお前たちは、何処の家中の者だ。云え……」

喬四郎は、刀の鋒を尚《なお》も伸ばした。

刹那、軽衫袴の武士は脇差《わきざし》を抜き、己の腹に突き立てた。

喬四郎は眉をひそめた。

「云う通りにしてたまるか……」

軽衫袴の武士は、己の腹に突き立てた脇差を押し込みながら両膝《りょうひざ》をつき、顔を醜く歪《ゆが》めて前のめりに倒れ込んだ。

喬四郎は、軽衫袴の死を見定めた。

軽衫袴の武士たちは、榊原兵衛の手の者だった。

喬四郎は、茶店に駆け戻った。

茶店の座敷には、黴の他に血の臭いが漂っていた。

障子や襖《ふすま》は破れて倒れ、壁は崩れ、床は抜けていた。

岡田と今村たち五人の浪人は、血塗《ちまみ》れになって死んでいた。

軽衫袴の武士たちは既に消えており、その痕跡《こんせき》は何もなかった。

軽衫袴の武士たちは、榊原兵衛の手の者だった。

喬四郎は想いを巡らせた。

軽衫袴の武士たちが、榊原の指図で青山右近たちを襲った。だとしたら、榊原はいつどうやって青山右近の動きを知ったのだ。

おつたが報《しら》せたのか……。

おつたは、盗賊牛頭馬頭の義十の隠し金の話をでっち上げ、青山右近を罠《わな》に掛けたのかもしれない。しかし、仮にそうだとしたなら、おつたが軽衫袴の武士に斬られそうになったのはどうしてなのだ。

榊原は、おつたの動きを知っている……。

喬四郎は、不意にそう思った。

おつたを見張っている者は、自分たちの他にもいるのだ。

喬四郎は気付いた。

誰だ……。

喬四郎は、おつたの身辺にいる者を思い浮かべた。

真っ先に浮かんだのは、飯炊きの婆やだった。

飯炊きの婆やは、榊原と何らかの拘《かか》わりがあっておつたを見張っているのかもしれない。

見定める必要がある……。

喬四郎は、浜町堀に急いだ。


夜、富沢町の裏通りの仕舞屋《しもたや》に明かりは灯《とも》されていなかった。

喬四郎は、煙草屋の老爺《ろうや》に婆やの名前を訊いた。

婆やの名前はおとき……。

喬四郎は、仕舞屋に忍び込んだ。

明かりの灯されない仕舞屋には、おつたは無論、婆やのおときもいなかった。

居間と座敷、台所脇の小部屋、納戸……。

人が潜んでいる気配は、仕舞屋の何処にもなかった。

婆やのおときは榊原の手の者であり、おつたと牛頭馬頭の義十を見張っていたのかもしれない。そして、おつたが青山右近と一緒に姿を消したのを知り、逸早《いちはや》く隠れた。

婆やのおときと云う名前は、おそらく偽名なのだ。

喬四郎は読んだ。

遠くから半鐘の音が聞こえた。

赤馬か……。

喬四郎は、連なる家並みの一番高い屋根にあがり、半鐘の鳴り響いている方に火の手を探した。

火の手は、大川の向こうに小さく見えた。

深川か……。

喬四郎は、火事の場所を読んだ。

まさか……。

喬四郎は、火事が深川の青山屋敷ではないかと睨《にら》んだ。

榊原兵衛は、青山右近がおつたを連れて逃げた報復に、深川の青山屋敷に火を放ったのかもしれない。

半鐘は鳴り響き続けた。

深川の火事は、やはり青山屋敷だった。

火事は青山屋敷を焼き尽くしたが、小名木川から南を受持つ火消しの南組と北を受持つ中組の懸命の働きにより、木置場などに延焼する事なく鎮火した。

青山屋敷の火事に死人はいなかったが、主《あるじ》の青山右近の行方は分からなかった。

火事は、おそらく榊原兵衛の命を受けた手の者の付け火に違いなかった。

公儀は、直参旗本家が火事を出したのを重大視し、青山右近を捕えるように命じた。

捕えられれば、青山家はお家断絶、右近は切腹を免れない。

青山右近は、おつたを伴って姿を消したままだった。

喬四郎は、才蔵と共に榊原兵衛の行方を追った。

榊原兵衛は、正徳寺を出たまま姿を消して戻る事はなかった。

江戸の町に火事は続いた。

火事は油を使った付け火であり、公儀の警戒を出し抜いて続いた。

赤馬が奔《はし》り、江戸の町は怯《おび》えた。

盗賊牛頭馬頭一味の押し込みが止《や》み、安堵《あんど》した江戸の町に赤馬が暴れ出したのだ。

盗賊騒ぎの次は赤馬騒ぎ……。

江戸の町の人々は恐ろしげに囁《ささや》き合い、跋扈《ばっこ》を許している公儀を罵《ののし》り、恨み、侮り笑った。

榊原兵衛の狙いは、公儀の威光を落す事なのかもしれない。もし、そうだとすると、それは榊原が仕える大名家の意向と云える。

喬四郎は読んだ。

付け火による火事は、神田豊島町から始まり、深川の青山屋敷、神田岩本町《いわもとちょう》、通《とおり》旅籠町《はたごちょう》と続いていた。

深川の青山屋敷以外は、神田豊島町から南の町家の空き家ばかりだった。

青山屋敷の付け火は、おつたを連れ去った青山右近に対する報復で番外だとしたら、次に狙われるのは浜町か人形町辺りの空き家なのかもしれない。

浜町か人形町辺りの空き家……。

喬四郎は睨んだ。

仕舞屋……。

喬四郎は、富沢町の仕舞屋を思い出した。

富沢町の裏通りにある板塀に囲まれた仕舞屋は、おつたが青山右近に連れ去られ、婆やのおときも姿を消して空き家同然になっている。

榊原兵衛は、仕舞屋に赤馬を奔らせるかもしれない。

喬四郎は賭《か》ける事にした。


富沢町の仕舞屋には、既に人のいた温《ぬく》もりは消え、気配もなかった。

喬四郎は錏頭巾《しころずきん》と忍び装束に身を固め、仕舞屋の屋根に潜んだ。

刻《とき》が過ぎ、亥《い》の刻四つ（午後十時）が近付いた。

喬四郎は、仕舞屋の狭い庭に人の気配を感じた。

睨み通り現れたか……。

喬四郎は、狭い庭が良く見える処に素早く移動した。

狭い庭の暗がりには、覆面をした男が蹲《うずくま》っていた。

火付け男……。

喬四郎は見守った。

火付け男は、慣れた手付きで徳利《とくり》の口に布を詰めていた。

微《かす》かに油の臭いが漂った。

徳利の中には油が入っている……。
火付け男は、火種を出して徳利の口の油の染みた布に近づけた。
「そこ迄《まで》だ……」
喬四郎は、屋根から火付け男の前に音もなく飛び降りた。
火付け男は、鼠のような顔を驚きに醜く歪《ゆが》め、油を入れた徳利を喬四郎に投げ付けた。
喬四郎は、僅《わず》かに身を開いて躱《かわ》した。
徳利は板壁に当たって砕け、油が飛び散った。
火付け男は、飛び散った油に火種を投げ付けて身を翻した。
炎があがった。
喬四郎は燃え上がった火を踏み消し、火付け男を追った。
亥の刻四つの鐘の音が遠くで鳴り始めた。

浜町堀に出た火付け男は、高砂橋に向かって逃げて行った。
喬四郎は追った。
火付け男の逃げる先には、榊原兵衛がいる筈《はず》だ。もし、いなければ捕えて吐かせれば良いだけだ。
喬四郎は、火付け男を暗がり伝いに追った。
火付け男は、高砂橋の下の船着場に駆け降りた。
やはり船だ……。
喬四郎は高砂橋の袂《たもと》に駆け寄り、船着場を見下ろした。
火付け男は、素早く猪牙舟《ちょきぶね》に跳び乗った。
艫《とも》にいた軽衫袴《かるさんばかま》の武士が、竿《さお》を操って猪牙舟を船着場から離した。
水面《みなも》に映えていた月影は、大きく揺れた。
猪牙舟は大川に向かった。
竿を操る軽衫袴の武士は、榊原兵衛の手の者なのだ。
やはり、赤馬騒ぎは榊原兵衛の企《たくら》みなのだ。
猪牙舟の行き着く先には、榊原兵衛がいる筈だ。
行き先を突き止める……。
喬四郎は、堀端伝いに猪牙舟を追った。
猪牙舟は、高砂橋の次に架かっている小川橋を潜った。
喬四郎は、小川橋の橋脚に繋《つな》いでおいた猪牙舟に跳び乗った。そして、軽衫袴の武士の猪牙舟を追った。

二隻の猪牙舟は船行燈《ふなあんどん》も灯《とも》さず、櫓《ろ》の軋《きし》みも響かせずに進んだ。


軽衫袴の武士は、大川に出た猪牙舟を永代橋《えいたい》に向けた。

何処に行くのか……。

喬四郎は、軽衫袴の武士の操る猪牙舟を慎重に追った。

軽衫袴の武士の猪牙舟は、永代橋を潜って霊岸島《れいがん》と佃島《つくだ》の間を南に進み、築地《つきじ》の掘割に入った。

喬四郎は追った。


築地の掘割は、西本願寺を中心に入り組んでいた。

猪牙舟は掘割を進み、伊勢《いせ》国長島《ながしま》藩江戸上屋敷の前の仙台橋を潜り、浜御殿《はまごてん》の横手に出て東に曲がった。

喬四郎は追った。

猪牙舟は、大きな大名屋敷の横手から屋敷内の船着場に入った。

水門が閉じられた。

付け火男と軽衫袴の武士は、大きな大名屋敷に入った。

喬四郎は見届けた。

まさか……。

喬四郎は、緊張した面持ちで大きな大名屋敷を見上げた。

大きな大名屋敷は、尾張《おわり》藩の蔵屋敷だった。

尾張藩は紀伊《きい》藩や水戸《みと》藩と並び、徳川《とくがわ》将軍家親類の御三家筆頭の大名家だ。

榊原兵衛が尾張徳川家の家臣なら、江戸を荒らすように命じたのは尾張徳川家なのかもしれない。

喬四郎は、得体の知れない不気味さを覚えた。

四

榊原兵衛は、尾張徳川家の家臣なのかもしれない……。

喬四郎は才蔵に教えた。

「御三家の尾張藩……」

才蔵は、満面に緊張を浮かべた。

「うむ。榊原の手の者が築地の尾張藩蔵屋敷に入って行った」

喬四郎は告げた。

大名家の蔵屋敷とは、大名が領内の米穀や物産などを販売、貯蔵しておく為の屋敷だ。

「じゃあ、榊原兵衛も潜んでいるのかもしれませんね」

才蔵は、身を乗り出した。

「うむ……」

「喬四郎さま、榊原が尾張徳川家の家臣ならば、盗賊騒ぎや赤馬騒ぎは、尾張徳川家の企てた事ですかね」

才蔵は眉《まゆ》をひそめた。

「そうとは未《ま》だ決め付けられぬ。とにかく榊原兵衛だ……」

喬四郎は慎重だった。

相手は御三家尾張徳川家であり、下手な真似は出来ない。

先《ま》ずは、榊原兵衛が尾張藩蔵屋敷に潜んでいるかどうか見定める。

喬四郎は、才蔵と尾張藩蔵屋敷を見張る事にした。

尾張藩蔵屋敷は、正面である西に掘割があり、豊前《ぶぜん》国中津《なかつ》藩の江戸上屋敷の横手の土塀が続いている。そして、東には江戸湊《みなと》があり、北に西本願寺や伊勢国桑名《くわな》藩江戸下屋敷、南には江戸湊から続く水路があり、浜御殿があった。

喬四郎と才蔵は、中津藩江戸上屋敷の土塀の上に潜み、掘割越しに尾張藩蔵屋敷の表を見張り始めた。

尾張藩蔵屋敷には、南の水路が屋敷内に引いてあり、国許《くにもと》から送って来た荷を艀《はしけ》で出し入れしていた。

喬四郎と才蔵が、見張りに就いて一刻《とき》（二時間）が過ぎた。だが、尾張藩蔵屋敷から榊原兵衛が現れる事はなかった。

「よし。忍び込んでみるか……」

喬四郎は、尾張藩蔵屋敷を眺めた。

「喬四郎さま……」

才蔵は眉をひそめた。

「心配無用だ、才蔵。榊原たちがいるとしても、此処《ここ》を突き止められたとは気付いていない筈だ」

喬四郎は小さく笑った。

江戸湊の沖には千石船が泊まり、荷を積んだ艀が行き交っていた。

才蔵は、江戸湊に面している尾張藩蔵屋敷の裏手に猪牙舟を漕《こ》ぎ進めた。

尾張藩蔵屋敷は荷の蔵入れもなく、浜御殿との間にある水路は静かだった。

「喬四郎さま……」

才蔵は、辺りに人の眼がないのを見定めた。

次の瞬間、猪牙舟の船底に潜んでいた錏頭巾《しころずきん》に忍び装束の喬四郎が、尾張藩蔵屋敷裏の土塀の上に跳んだ。

猪牙舟は僅《わず》かに揺れた。

喬四郎は土塀を蹴《け》り、尾張藩蔵屋敷の中に飛び降りて消えた。

才蔵は、猪牙舟を素早くその場から離した。


喬四郎は、植込みの陰に潜んで辺りの様子を窺《うかが》った。

庭には築山《つきやま》と池があり、奥御殿があった。

人影はない……。

喬四郎は見定め、植込み沿いを表御殿に向かった。

蔵屋敷の警戒は緩い。

喬四郎は進んだ。

奥御殿を過ぎた処に内塀があった。

喬四郎は、内塀の上に跳んだ。

内塀から西は表御殿になり、南に船着場や土蔵が連なっていた。

喬四郎は、船着場や土蔵に人がいないのを見定め、内塀の上から表御殿の様子を窺った。

表御殿の用部屋では、数人の家臣が帳簿を付けたり、書類作りに励んでいる。

喬四郎は、表御殿の大屋根に跳んだ。

榊原兵衛がいるとしたら、おそらく重臣屋敷か侍長屋だ。

喬四郎は大屋根に潜み、表御殿の北側に並ぶ重臣屋敷を眺めた。

小者《こもの》たちが、重臣屋敷の周囲の掃除をしていた。

喬四郎は、掃除をする小者たちの身のこなしや眼付きに微《かす》かな違和感を覚えた。

只《ただ》の小者ではない。かと云って武士とも思えない。

忍びの者……。

喬四郎は、掃除をする小者たちに忍びの者の気配を感じた。

重臣屋敷には、忍びの者が秘《ひそ》かに警護をする何者かがいるのだ。

喬四郎は、尾張藩に土居下衆《どいしたしゅう》と称する隠密《おんみつ》組織があるのを思い出した。

〝土居下衆〟は、正式には〝御土居下御側組同心《おどいしたおそばぐみどうしん》〟と称し、落城時に藩主を無事に脱出させるのを役目とする者たちだった。しかし、泰平の世が続き、その役目は名ばかりとなり、一部の者たちは隠密として働くようになっていた。

小者たちは、その土居下衆に連なる者たちなのか……。

喬四郎は読んだ。

一人の武士がやって来た。

榊原兵衛……。

喬四郎は、やって来た武士が榊原兵衛だと気付いた。

榊原兵衛は、やはり尾張藩蔵屋敷にいたのだ。

喬四郎は見守った。

「御隠居さまにお逢《あ》い出来るかな……」

榊原は、小者頭に訊《き》いた。

「はっ。どうぞ……」

小者頭は、榊原を重臣屋敷の一軒に誘《いざな》った。

榊原は、不意に喬四郎の潜んでいる表御殿の大屋根を見上げた。
喬四郎は、咄嗟《とっさ》に身を伏せて気配を消した。
榊原は、怪訝《けげん》な面持ちで小者頭と重臣屋敷に入って行った。
御隠居さま……。
榊原兵衛は、飯倉神明宮門前の茶店で嗄《しわが》れ声の年寄りと逢った。
喬四郎は、才蔵の話を思い出した。
御隠居とは、その時の嗄れ声の年寄りなのかもしれない。
重臣屋敷に忍び込んで見定める……。
喬四郎は、重臣屋敷の忍び口を探した。
小者頭が、重臣屋敷から出て来て指笛を短く吹き鳴らした。
仕事をしていた小者たちが、素早く物陰に入って姿を消した。
重臣屋敷の周囲に人はいなくなり、代わりに微かな殺気が湧いた。
結界……。
喬四郎は気付いた。
小者たちが、物陰に潜んで結界を張ったのだ。忍び込めば、小者たちが殺到する。
無理だ……。

おそらく、榊原兵衛の指図なのだ。

喬四郎は、榊原兵衛が油断のない慎重な切れ者だと知った。そして、重臣屋敷に忍び込むのを諦《あきら》めた。

囲炉裏の火は燃えあがり、板壁に映る榊原と御隠居の影を大きく揺らしていた。

「それで、赤馬の左平《さへい》、得体の知れぬ忍びの者に付け火の邪魔をされ、逃げ帰って来たのか……」

気儘《きまま》頭巾を被った御隠居は、嗄れ声で訊いた。

「はい。陣内の猪牙舟《ちょきぶね》で……」

榊原は告げた。

「無事にな……」

御隠居は、榊原に厳しい眼差《まなざ》しを向けた。

「御隠居さま、その忍びの者、牛頭馬頭の義十を追い込み、白崎栄助を斃《たお》した者かと……」

榊原は読んだ。

「間違いあるまい……」

「何者なのか……」

「榊原……」

御隠居は、榊原を見据えた。

「はい……」

「赤馬の左平、無事に帰って来たのだな」

御隠居は念を押した。

「はい。それが何か……」

榊原は戸惑った。

「おそらく、忍びの者は赤馬の左平を無事に帰し、此処《ここ》に逃げ込んだのを見届けた」

「では……」

榊原は眉《まゆ》をひそめた。

「既に此処を見張っている……」

御隠居は、嗄れ声に厳しさを滲《にじ》ませた。

「やはり……」

榊原は、重臣屋敷に入る時、何者かの視線を感じたのを思い出した。

囲炉裏の火は燃え上がった。

喬四郎が、忍び込んで半刻《はんとき》が過ぎた。

約束の刻限だ。

才蔵は、尾張藩蔵屋敷裏の土塀の下に猪牙舟を漕《こ》ぎ寄せた。

土塀の上に喬四郎が現れ、猪牙舟に飛び降りて来た。

才蔵は、素早く猪牙舟を土塀から離した。

「どうでした……」

「榊原兵衛、やはり此処に潜んでいた」

喬四郎は、錏頭巾《しころずきん》を外した。

「いましたか……」

才蔵は、声を弾ませた。

「うむ。それに、御隠居さまと呼ばれる年寄りもいるようだ」

「まさか、嗄れ声の……」

才蔵は、榊原が茶店で逢った年寄りを思い浮かべた。

「そいつを見定めようとしたが、榊原の手の者たちが結界を張ってな。忍び込んで見届けるのは叶《かな》わなかった」

「そうでしたか……」

「うむ……」

「じゃあ、榊原が出て来るのを待ちますか……」

才蔵は笑った。

「今はそれしかあるまい……」

喬四郎は頷《うなず》いた。

夜、西本願寺の鐘が戌《いぬ》の刻五つを告げた。

尾張藩蔵屋敷の南にある水門が開いた。

喬四郎と才蔵は、表門と水門が見える浜御殿脇の暗がりに猪牙舟を泊めて見守った。

船行燈《ふなあんどん》を灯《とも》した猪牙舟が、水門から出て来た。猪牙舟には、船頭の他に二人の軽《かる》衫袴《さんばかま》の武士と付け火男が乗っていた。

「付け火男だ……」

喬四郎は気付いた。

「じゃあ、此《これ》から付け火に……」

才蔵は眉をひそめた。

「きっとな……」

喬四郎は頷いた。

付け火男と軽衫袴の武士たちを乗せた猪牙舟は、掘割を西に向かった。

才蔵は、猪牙舟を遣《や》り過ごした。

付け火男や軽衫袴の武士を乗せた猪牙舟は、汐留川に進んだ。

「才蔵……」

「はい……」

才蔵は、喬四郎を乗せた猪牙舟を暗がりから出し、付け火男たちを尾行《つけ》始めた。

付け火男たちを乗せた猪牙舟は、船行燈の明かりを揺らして汐留川から三十間堀《さんじっけんぼり》に進んだ。

才蔵の猪牙舟は船行燈を灯さず、竿《さお》を使って音もなく追った。

二隻の猪牙舟は、暗い三十間堀から楓川を静かに進んだ。

猪牙舟は、西堀留川《にしほりどめ》に架かっている中ノ橋の船着場に船縁《ふなべり》を寄せた。

「左平……」

軽衫袴の武士は、猪牙舟を降りるように赤馬の左平を促した。

左平は、軽衫袴の武士たちと猪牙舟を降りて伊勢《いせ》町に向かった。


伊勢町には拍子木が響き、木戸番の夜廻《よまわ》りの声が響いていた。

赤馬の左平は、軽衫袴の武士たちと大戸を閉めた材木屋の裏手に廻った。

材木屋の裏手は材木置場であり、多くの材木が置かれていた。

軽衫袴の武士たちは、材木置場の周囲を見廻して警戒した。

人影はない。

「左平……」

軽衫袴の武士は促した。

左平は不気味な笑み浮かべ、材木置場を吹き抜ける風の向きを見定めた。

風上の材木に付け火をすれば、火は風に吹かれて広がる。

左平は、竹筒を取り出し、中の油を風上の材木に振り掛けた。

材木に掛けられた油は、蒼白《あおじろ》い月明かりに妖《あや》しく輝いた。

左平は、懐から火種を取り出し、材木に掛けた油に近づけた。

空を斬る小さな音が短く鳴った。

左平は、思わず顔をあげた。

刹那《せつな》、四方手裏剣が左平の喉元《のどもと》に突き刺さった。

左平は眼を剝《む》き、喉を笛のように甲高く鳴らして斃《たお》れた。

江戸の町を紅蓮《ぐれん》の炎に包み、恐怖に陥れた赤馬の左平は死んだ。

軽衫袴の武士たちは身構え、四方手裏剣を投げた者の居場所を見定めようとした。

錏頭巾に忍び装束の喬四郎が、材木屋の屋根を蹴《け》って軽衫袴の武士たちに襲い掛かった。

軽衫袴の武士たちは、素早く散った。

喬四郎は、散り遅れた軽衫袴の武士の一人を押えて喉に苦無《くない》を突き付けた。

軽衫袴の武士は踠《もが》いた。

「尾張藩士居下衆か……」

喬四郎は、軽衫袴の武士の喉に突き付けた苦無を僅《わず》かに引いた。

軽衫袴の武士は狼狽《うろた》え、喉に血を滲《にじ》ませて頷こうとした。

次の瞬間、十字手裏剣が飛来して軽衫袴の武士の胸に突き刺さった。

喬四郎は戸惑った。
背後に人影が揺れた。
喬四郎は、咄嗟《とっさ》に軽衫袴の武士を押えたまま振り返った。
軽衫袴の武士の腹に、十字手裏剣が突き刺さった。
十字手裏剣は、鋭い三角の刃先だった。
柳生《やぎゅう》流十字手裏剣……。
喬四郎は読んだ。
軽衫袴の武士は、土居下衆だと認める前に事切れた。
喬四郎は、十字手裏剣を受けて斃れた軽衫袴の武士を盾にして身構えた。
多くの軽衫袴の武士たちが現れ、素早く喬四郎を取り囲んだ。
罠《わな》……。
付け火男は、得体の知れぬ忍びの者の素性を摑《つか》む為に誘い出す餌だったのだ。
喬四郎は苦笑した。
「何処の忍びだ……」
榊原兵衛が現れた。
「盗賊の牛頭馬頭の義十に江戸を荒らさせた次は赤馬騒ぎか、榊原兵衛……」

喬四郎は、嘲《あざけ》りを浮かべて榊原の出鼻を叩《たた》いた。

己の名が知られている……。

榊原は、微《かす》かに狼狽えた。

「次は何を企《たくら》んでいるのかは知らぬが、好き勝手にはさせぬ」

喬四郎は冷笑した。

「そいつも生きていればな……」

榊原は、態勢を立て直し、軽衫袴の武士たちに目配《めくば》せをした。

軽衫袴の武士たちは、刀を抜き払って喬四郎の囲みを縮めた。

喬四郎は身構えた。

軽衫袴の武士たちは、柳生流十字手裏剣を使っている。尾張藩の者ならば、おそらく剣も尾張柳生新陰《しんかげ》流かもしれない。

柳生新陰流には、裏柳生と称して隠密《おんみつ》仕事を役目とする者たちがいる。

軽衫袴の武士たちは、その裏柳生の流れを汲《く》んでいるのに違いない。

裏柳生の流れを汲んでいれば、斬り合う時には何人かが組になって間断なく斬り掛かる車懸《くるまがか》りの陣法がある。

喬四郎は読んだ。

軽衫袴《かるさんばかま》の武士たちは、喬四郎の囲みを縮めて殺到した。
喬四郎は、足元に小さな炮烙玉《ほうろくだま》を叩き付けて地を蹴った。
小さな炮烙玉は爆発し、喬四郎は頭上高く跳んだ。
軽衫袴の武士たちは、咄嗟に四方に散った。
車懸りは破られた。
喬四郎は、夜空で四方手裏剣を続け様に放った。
二人の軽衫袴の武士が、喬四郎の四方手裏剣を受けて倒れた。
喬四郎は、落下しながら刀を閃《ひらめ》かせた。
一人の軽衫袴の武士が、真っ向から斬り下げられて血を振り撒《ま》いた。
他に軽衫袴の武士が、喬四郎に背後から斬り付けた。
喬四郎は振り向き態《ざま》に刀を弾《はじ》き飛ばし、軽衫袴の武士の腹に苦無《くない》を叩き込んだ。
軽衫袴の武士は仰《の》け反った。
喬四郎は、苦無を腹に叩き込んだ軽衫袴の武士を押し、榊原兵衛に迫った。
腹を刺された軽衫袴の武士が絶命し、足を縺《もつ》れさせた。
喬四郎は、絶命した軽衫袴の武士を突き飛ばし、榊原に斬り掛かった。
榊原は抜き合わせた。

刃《やいば》が咬《か》み合い、火花が飛び散った。
喬四郎と榊原は、鋭く斬り結んだ。
遠くで呼子笛が鳴り響いた。
喬四郎と榊原は、互いに跳び退《の》いて対峙《たいじ》した。
呼子笛は近付いて来た。
榊原は、指笛を短く鳴らした。
軽衫袴の武士たちが、斃された仲間を担いで闇の奥に立ち去った。
「榊原……」
「次に何が起こるか楽しみにしていろ」
榊原は云い放ち、闇に身を翻した。
役人たちが呼子笛を吹き鳴らし、御用提灯《ぢょうちん》を掲げて駆け寄って来た。
喬四郎は、地を蹴って材木屋の屋根に跳んだ。そして、続いて夜空に跳んだ。
夜空の闇は、喬四郎の姿を直ぐに飲み込んだ。
材木置場には、血の痕跡《こんせき》と臭いだけが残された。

第三章　土居下衆《どいしたしゅう》

一

夜が明けた。

江戸川は緩やかに流れ、小日向新小川町に連なる武家屋敷は表門を開け始めた。

喬四郎は、数日振りに倉沢屋敷に帰って来た。

倉沢屋敷は表門を開け、下男の宗平が掃除をしていた。

「やあ。宗平……」

「これは旦那《だんな》さま……」

宗平は、倉沢家当主の役目が何か知っており、屋敷の外では余計な事を一切喋《しゃべ》らず、顔にも余り出さなかった。

「変わりはないようだな」

喬四郎は、屋敷を眺めた。

「はい。佐奈さま、いいえ、若奥さまもお喜びにございましょう。直ぐに御報《しら》せを……」

宗平は、屋敷内に戻ろうとした。

「それには及ばぬ」

喬四郎は止めた。

「えっ……」

「驚かせる」

喬四郎は、悪戯《いたずら》っぽく笑った。

宗平は微笑んだ。

喬四郎は、表門を潜って屋敷内に入った。

庭木の梢《こずえ》が微風《そよかぜ》に揺れた。

倉沢家の婿養子になって日が浅いのに、喬四郎は屋敷に何故か懐かしさを覚えた。

佐奈は、井戸端で水を汲んでいた。

佐奈……。

喬四郎は、水を汲んでいる佐奈の背後に忍び寄った。そして、後ろから小柄な身体を優しく抱き締めた。

刹那《せつな》、佐奈は肘《ひじ》打ちを鋭く放って身を沈め、喬四郎の腕から逃れて振り向いた。

「佐奈……」

喬四郎は、肘打ちを食らった下腹を押えて蹲《うずくま》り、引き攣《つ》った笑みを浮かべた。

「お前さま……」

佐奈は驚き、眼を丸くした。

「う、うむ。今帰った……」

「お戻りなさいませ。大丈夫ですか……」

佐奈は、喬四郎の傍にしゃがみ込み、その背を撫《な》でて心配した。

「ああ。大丈夫だ……」

喬四郎は、下腹の痛さを堪《こら》えて懸命に笑顔を作った。

「おや、婿殿。お帰りでしたか……」

静乃が、勝手口から出て来た。

「此《これ》は義母《はは》上、只今《ただいま》、戻りました」

喬四郎は、慌てて立ち上がった。

「婿殿は倉沢家の主《あるじ》。何をしたかったかは存じませんが、こそこそ勝手口に廻《まわ》らず、式台からお戻りなさい。宜《よろ》しいですね」

静乃は、喬四郎を厳しく一瞥《いちべつ》して台所に戻って行った。

「は、はい。心得ました」

喬四郎は、頭を下げて見送った。

「お前さま……」

佐奈は、込み上げる笑いを堪えていた。

「佐奈、腹が減った。朝飯を頼む」

喬四郎は苦笑した。


喬四郎は、佐奈の給仕で朝餉《あさげ》を食べ、舅《しゅうと》の倉沢左内の部屋を訪れた。

左内は、濡縁《ぬれえん》で盆栽の手入れをしていた。

「御義父上《ちちうえ》……」

喬四郎は、義父の左内に挨拶《あいさつ》をした。

「うむ。赤馬は片付いたようだな」

左内は、盆栽の手入れをする手を止めずに尋ねた。

「はい。それで、背後に潜む者が漸《ようや》く浮かびました」

「浮かんだか……」

「はい」

「誰かな……」

「榊原兵衛と申す者です」

「榊原兵衛……」

「はい。築地にある尾張藩蔵屋敷におります」

「尾張藩蔵屋敷……」

左内は、盆栽を手入れする手を止めた。

「はい。榊原兵衛、尾張藩蔵屋敷に御隠居と呼ばれる者や配下の者と……」

「ならば喬四郎、盗賊牛頭馬頭を跳梁跋扈《ちょうりょうばっこ》させたり、赤馬を奔《はし》らせたのは、尾張藩だと申すのか……」

左内は、緊張を浮かべた。

「榊原兵衛、尾張藩の家臣だと云う確かな証《あかし》は未《いま》だなく、決め付ける訳には……」

喬四郎は慎重だった。

「だが、尾張藩の蔵屋敷にいる限り、拘《かか》わりがあるのに決まっている」

「はい……」

「それに、盗賊や赤馬騒ぎは、御公儀を侮り嘲笑《あざわら》っての所業。御公儀に牙《きば》を向ける事が出来る者となると……」

左内は読んだ。

「大名旗本。それも御三家、尾張徳川家ですか……」

喬四郎は、左内の読みを続けた。

「うむ。尾張徳川家は、上様と最後迄《まで》八代将軍の座を争った家。どのような遺恨を抱いているか知れたものではない」

左内は吐き棄てた。

「はい……」

「して、喬四郎。尾張徳川家が絡んでいるかもしれぬ事、上様に御報せしたのか……」

「いえ。確かな証がない限り……」

喬四郎は、首を横に振った。

「それが良い。喬四郎、尾張には土居下衆と称する者共がいるのを知っているか……」

「はい……」

喬四郎は頷《うなず》いた。

「榊原兵衛、その土居下衆かもしれぬな」

「御義父上もそう思われますか……」

「うむ。喬四郎、心して掛かれ」

「心得ました」

喬四郎は頷いた。

「それから喬四郎、尾張の殿さまが上様に拝謁を願い出たそうだ」

左内は、再び盆栽の手入れを始めた。

「尾張の殿さまが……」

尾張徳川家は、吉宗と八代将軍の座を争った宗春《むねはる》は既に隠居し、宗勝《むねかつ》が藩主になっていた。

「ああ。日は決まってはいないがな。上様に何を言い立てる気か……」

左内は苦笑した。

「そうですか……」

尾張徳川家藩主宗勝は、江戸の治安の乱れを吉宗の御政道の拙《つたな》さだと責め立てる気なのかもしれない。

喬四郎は読んだ。

拝謁の日迄に何もかも終らせる……。

喬四郎は覚悟を決めた。

「して喬四郎、帰って来るのは式台からとは限らぬ。遠慮は無用。好きに致すが良い」

左内は、静乃から聞いたのか、面白そうに笑った。

「は、はい……」

喬四郎は苦笑した。


江戸湊は白波を煌《きら》めかせ、潮騒《しおさい》を響かせていた。

才蔵は、浜御殿の北側の土塀に潜み、尾張藩蔵屋敷の西の表門と南の水門の両方を見張っていた。

「どうだ……」

喬四郎は、才蔵の隣りに現れた。

「榊原兵衛は、伊勢町から戻ったままです」

昨夜、才蔵は喬四郎と榊原兵衛たちの闘いを見守った。そして、榊原兵衛を追い、尾張藩蔵屋敷に戻ったのを見届けていた。

「そうか……」

榊原兵衛は、尾張藩蔵屋敷が既に突き止められているのに気が付いている筈《はず》だ。だとしたら、いつ迄も此処《ここ》にいる訳もなく、他の処に身を隠す。

榊原兵衛や御隠居は動く……。

喬四郎は睨《にら》んだ。

「盗賊の牛頭馬頭に赤馬騒ぎ。榊原の奴、次は何を仕掛けて来る気ですかね」

「うむ。才蔵……」

喬四郎は、尾張藩蔵屋敷の南側にある水門が開いたのを示した。

荷物を積んだ荷船が、水門から現れた。

喬四郎と才蔵は見守った。

荷船は、江戸湊に向かった。

「追ってみます」

「うむ……」

喬四郎は頷いた。

才蔵は、浜御殿の土塀の下に舫《もや》ってあった猪牙舟《ちょきぶね》に飛び乗り、荷船を追った。

喬四郎は見送った。

荷船は、江戸湊の沖に泊まっている千石船に向かって行く。

江戸から送る荷物を運んで行っただけなのか……。

喬四郎は読んだ。

尾張藩蔵屋敷の脇門が開き、尾張藩の家臣に率いられた人足たちが荷を積んだ大八車を引いて出て行った。

喬四郎は、尾張藩蔵屋敷に出入りする者を見守った。

出入りする者たちには、警戒する様子や緊張感は見受けられなかった。

ひょっとしたら……。

喬四郎は、厳しい面持ちで尾張藩蔵屋敷を眺めた。

見定める……。

喬四郎は決めた。

荷船は、帆を下ろしている千石船に船縁《ふなべり》を寄せて荷物を積み込んでいた。

不審な様子はない……。

才蔵は見定め、猪牙舟の舳先《へさき》を浜御殿に向けた。

只《ただ》の荷物の積み込みだ。

尾張藩蔵屋敷の連なる土蔵では、勘定方の指図で人足たちが忙しく荷物の出し入れをしていた。

喬四郎は、尾張藩蔵屋敷に忍び込んだ。

それは、大名家蔵屋敷の日常だ。

変わった様子はない……。

喬四郎は見定め、屋根伝いに奥御殿から表御殿に進んだ。そして、表御殿の屋根に潜み、重臣屋敷を窺《うかが》った。

重臣屋敷の周囲に掃除をしていた小者《こもの》たちの姿はなく、結界も張られていなかった。

御隠居と呼ばれた者は、既に重臣屋敷を引き払っている。

喬四郎は睨んだ。

御隠居がいないとなると、榊原兵衛も既に何らかの手立てを使って蔵屋敷を脱《ぬ》け出している……。

喬四郎は見極めた。

盗賊牛頭馬頭の義十の押し込み、庶民を恐怖に陥れた赤馬騒ぎも消え、江戸の町には平穏が訪れた。

榊原兵衛と御隠居と呼ばれる者は、蔵屋敷を出て何処に身を潜めたのか……。

喬四郎と才蔵は、市谷《いちがや》御門外の江戸上屋敷、四《よ》ッ谷《や》御門外の江戸中屋敷、大久保《おおくぼ》外山の江戸下屋敷など各所にある尾張藩の江戸屋敷を探った。しかし、それらの屋敷に、榊原兵衛や御隠居と呼ばれる者が潜んでいる様子は窺えなかった。

榊原兵衛と御隠居が、此《こ》のまま退《ひ》き下がる筈はない。

何処かに潜み、江戸の人々を恐怖に陥れる企てを進めているのに違いない。

次に何を仕掛けて来るのか……。

江戸の町が平穏さに浸る中、喬四郎と才蔵は懸命の探索を続けた。

夕陽が沈み、江戸の町に大禍時《おおまがとき》が訪れた。

男たちの読む経が湧き上がった。

町の人々は、怪訝《けげん》な面持ちで経の出処を探した。

饅頭笠《まんじゆうがさ》を被《かぶ》った雲水たちが、経を読みながら薄暗い町に現れた。

二列に並んだ十人程の雲水は、声を合わせて経を読みながら進んだ。

声を合わせて読まれる経は、大禍時の町に不気味に響き渡った。

町の人々は、気味悪そうに眉《まゆ》をひそめた。

雲水たちの読む経は、夜になっても江戸の町に響いていた。


神田川の流れは月影を揺らしていた。

神田八ッ小路に読経が響き、雲水の一行が現れた。

雲水の一行は、経を読みながら神田川に架かっている昌平橋《しようへい》に向かった。

巻羽織の同心が、提灯《ちようちん》を持った岡っ引を従えて昌平橋を渡って来た。

同心たちと雲水一行が擦れ違った。

「待ちな」

同心は呼び止めた。

読経が止《や》んだ。

奇妙な静けさが湧いた。

「何か……」

一行の長《おさ》らしき雲水が、錫杖《しやくじよう》を突きながら進み出た。

「南町奉行所の者だが、何処の寺の者だい……」

同心は尋ねた。

「我ら坊主は御寺社の御支配、町奉行所の方々のお咎《とが》めを受ける謂《い》われはございませぬ」

長らしき雲水は、同心に侮りの眼を向けた。

「まあ、そりゃあそうだが、町方で托鉢《たくはつ》をしているんだ。固い事ばかり云っちゃあいられねえぜ」

同心は、腹立たしげに十手を出した。

刹那《せつな》、長らしき雲水は、錫杖に仕込んだ直刀を抜き打ちに放った。

同心は、不意の一刀を浴《の》びて仰け反り倒れた。

「旦那《だんな》……」

岡っ引は仰天した。

雲水たちが仕込刀を抜き、岡っ引に殺到した。

岡っ引は提灯を飛ばし、四方から仕込刀を突き刺されて斃《たお》れた。

地面に落ちた提灯が燃え上がった。

「て、手前ら……」
同心は、雲水たちを睨み付けて必死に立ち上がろうとした。
雲水は饅頭笠の下で冷笑を浮かべ、仕込刀で同心の心の臓を突き刺した。
同心は、苦しく顔を歪《ゆが》めて息絶えた。
雲水たちは仕込刀を錫杖に納め、再び声を揃えて経を読みながら昌平橋を渡った。
町奉行所同心と岡っ引の死体は、昌平橋の袂《たもと》に残された。
経は遠ざかり、提灯は燃え尽きた。
南町奉行所の定町廻《じょうまちまわ》り同心が、配下の岡っ引と共に殺された。
南町奉行の大岡越前守《おおおかえちぜんのかみ》忠相は、三廻りの同心を始めとした配下の者に探索を命じた。
南町奉行所は緊張に満ち溢《あふ》れた。
「南町の同心が斬られた時、付近に経を読む雲水の一行がいたのか……」
喬四郎は眉をひそめた。
「はい。で、ちょいと訊《き》き廻ったんですがね。坊さんたちは、夕暮れ時に神田松枝《まつがえ》町《ちょう》に現れ、声を揃えて経を読み、あっちこっち歩いていましたよ」

才蔵は告げた。

「雲水か……」

「ええ。で、夜になっても経を読みながら歩き廻っていたそうでして、何だか薄気味悪いですね」

才蔵は、眉をひそめて酒を飲んだ。

「うむ……」

喬四郎は頷《うなず》き、想いを巡らせた。

雲水たちが、同心と岡っ引を斬り殺したのかもしれない。

となると雲水たちは……。

喬四郎は、或《あ》る想いに駆られた。

「それで喬四郎さま。榊原兵衛の手掛り、何か摑《つか》めましたか……」

才蔵は、喬四郎の湯呑茶碗《ゆのみぢゃわん》に酒を注いだ。

「いや……」

喬四郎は、才蔵と小網町の長屋を根城にして榊原兵衛と御隠居を追っていた。

「やっぱり、榊原と御隠居、荷物に潜んで蔵屋敷から千石船に逃げ込んだのですかね」

才蔵は、腹立たしげに酒を飲んだ。

「逃げる手立ては幾らでもある。荷物に潜んで千石船に逃げ込んだとは限らないさ」

喬四郎は笑った。

「だったら良《い》いんですが、此のままでは逃げられたって事ですか……」

才蔵は酒を呷《あお》った。

「そうか。そうなるか……」

喬四郎は酒を飲んだ。


北町奉行所臨時廻《りんじまわ》り同心の死体が、不忍池の畔《ほとり》で発見された。

北町奉行所の同心は、南町奉行所の同心と同じに心の臓に止《とど》めを刺されていた。

その日、不忍池に近い下谷界隈《かいわい》には、声を揃えて経を読む雲水の一行がいた。

南町奉行所の同心に続き、北町奉行所の同心が殺されたのだ。

町の人々は、同心たちの斬殺《ざんさつ》に震え、恐怖を募らせた。そして、声を揃えて経を読む雲水たちとの拘《かか》わりを囁《ささや》き合い、捕えられない公儀を嗤《わら》い、侮り、罵《ののし》った。それは、役人に向けられてる刃《やいば》がいつ自分たちを襲うのかを心配し、恐怖に駆られての事だ。

喬四郎は読んだ。

同心を殺した者は、同心個人や南北の町奉行所に遺恨を抱いて凶行に及んでいるのではない。

強いて云えば、公儀に遺恨を抱いての所業なのかもしれない。

二人の同心を殺した者は同じ、声を揃えて経を読む雲水たちであり、榊原兵衛の配下の者たちなのだ。

喬四郎は、雲水たちを榊原兵衛の配下と睨《にら》んだ。

榊原兵衛が再び現れた。

逃げてはいなかった……。

喬四郎は、秘《ひそ》かな安堵《あんど》を覚えた。

何《いず》れにしろ、此《こ》のままでは公儀の権威は地に落ち、将軍吉宗の御威光は踏みにじられる。

それは、榊原兵衛と御隠居、そして尾張徳川家の狙いなのだ。

榊原兵衛の次の企《たくら》み……。

喬四郎は、同心殺しが盗賊や赤馬に続く榊原兵衛の企みだと知った。

此以上《これ》、勝手な真似はさせない……。

喬四郎は、不敵な笑みを浮かべた。

二

雲水たちの読む経は、江戸の町に不気味に響き続けた。

町奉行所の同心たちは、懸命に追った。だが、同心たちは無惨に殺された。

町の人々は、雲水たちの声を揃えて読む経を〝お迎え〟と呼んで恐れた。

喬四郎は、才蔵と共に声を揃えて経を読む雲水たちを追った。

湯島天神《ゆしまてんじん》門前町の盛り場には提灯《ちょうちん》の明かりが揺れ、通りでじゃれ合う酔客と酌婦の笑い声が満ちていた。

雲水たちの声を揃えて読む経が、風に乗って盛り場に流れて来た。

「お迎えだよ……」

厚化粧の年増《としま》の酌婦が、喉《のど》を引き攣《つ》らせて怯《おび》えた。

「お迎え……」

口説いていた職人が、酔いから覚めた顔で耳を澄ました。

雲水たちの声を揃えて読む経が近付いて来ていた。

「本当だ。お迎えだぜ」

職人は怯え、酌婦と慌てて居酒屋に入った。

通りにいた酔客と酌婦は、一瞬にして連なる飲み屋に入った。

盛り場の通りに人はいなくなった。

読経が近付き、雲水たちが二列に並んでやって来た。

酔客と酌婦たちは、連なる飲み屋の戸や窓の隙間から恐ろしげに覗《のぞ》いた。

雲水たちは、声を揃えて経を読みながら盛り場の通りを進んだ。

酔客と酌婦たちは、息を詰めて見送った。

雲水たちは、盛り場を通り抜けて行った。

酔客と酌婦たちは、詰めていた息を大きく吐いて安堵した。

町奉行所の同心たちが捕り方や岡っ引を従えて現れ、足音を鳴らして雲水たちを追って駆け去った。

酔客と酌婦が飲み屋から現れ、恐いもの見たさで役人たちを追った。

町奉行所の同心たちは、湯島天神裏の切通しで雲水たちに追い付き、取り囲んだ。
雲水たちは立ち止まり、声を揃えて経を読み続けた。
「同心殺しで召し捕る。神妙にしろ」
同心たちは十手を突き付け、捕り方たちは突棒《つくぼう》、袖搦《そでがらみ》、刺股《さすまた》などを構えた。
経は止まった。
「その前に引導を渡してやる。ありがたく成仏するのだな」
雲水は、不気味な嘲笑《ちょうしょう》を浮かべた。
「だ、黙れ」
同心たちは怯《ひる》んだ。
雲水たちは仕込刀を抜き、一斉に同心たちに襲い掛かった。
刹那《せつな》、煌《きら》めきが先頭の雲水の饅頭笠《まんじゅうがさ》を貫いた。
雲水は、仕込刀を翳《かざ》したまま凍《い》て付いた。
続く雲水たちは戸惑った。
凍て付いた雲水が倒れた。
饅頭笠が外れ、額に突き刺さっている四方手裏剣が見えた。
雲水たちは怯んだ。

同心と捕り方たちは、その隙を見逃さず猛然と雲水たちに襲い掛かった。

雲水たちは狼狽《うろた》え、乱れた。

殺《や》らなければ殺られる……。

同心と捕り方たちは、雲水たちを分断して必死に攻め立てた。

呼子笛が鳴り響き、新たな同心と捕り方たちが駆け付けて来た。

雲水たちは、同心や捕り方たちに十重《とえ》二十重《はたえ》に囲まれた。

同心や捕り方たちは、雲水たちを容赦なく攻め立てた。

雲水の衣が袖搦に引き裂かれ、落ちた饅頭笠が踏み潰《つぶ》された。

怒号と血が飛び交った。

喬四郎と才蔵は忍び装束に身を固め、切通しの崖《がけ》の上に潜んで見守った。

「喬四郎さま……」

才蔵は指図を仰いだ。

「潮時だな」

喬四郎は小さく笑った。

「じゃあ……」

「うむ……」

喬四郎は頷《うなず》いた。

才蔵は、雲水と同心たちの闘いに幾つかの炮烙玉《ほうろくだま》を投げ込んだ。

炮烙玉は、雲水と同心たちの闘いの中で次々に小さく爆発し、白煙を噴き出した。

雲水と同心や捕り方たちは、慌てて散って身を伏せた。

噴き出された白煙は、雲水や同心たちを覆い隠した。

喬四郎と才蔵は、崖の上から飛び降りて闇に走った。

白煙は薄れ始めた。

伏せていた同心と捕り方たちが立ち上がった。だが、雲水は額に四方手裏剣を受けて絶命した者の他には誰もいなかった。

「捜せ。坊主共を捜せ……」

同心たちは狼狽えた。


雲水たちは走った。

夜空に呼子笛の音が鳴り響いた。

雲水たちは、湯島天神裏の切通しから不忍池の畔《ほとり》に走った。

行き先は谷中《やなか》か……。

喬四郎と才蔵は、暗がり伝いに追った。

雲水たちは、切通しでの不覚に狼狽え、追って来る者を警戒する余裕はなかった。

喬四郎は、雲水たちが榊原兵衛と御隠居と呼ばれる者の許《もと》に行くと睨《にら》み、混乱させて助けたのだ。

雲水たちは谷中の寺町に入った。

喬四郎と才蔵は追った。

谷中天王寺《てんのうじ》門前の岡場所は賑《にぎ》わっていた。

雲水たちは、岡場所の賑わいを避けて天王寺裏の古寺に入った。

喬四郎と才蔵は見届けた。

「喬四郎さま……」

「うむ……」

喬四郎は寺を窺《うかが》った。

寺の閉じられた山門には、『瑞久寺』と書かれた古い扁額《へんがく》が掛けられていた。

「瑞久寺か……」

瑞久寺は、暗く静寂に包まれていた。

「忍び込んでみます」

「待て……」

喬四郎は、才蔵を制した。

才蔵は、喬四郎に怪訝《けげん》な眼を向けた。

「静か過ぎる……」

喬四郎は眉《まゆ》をひそめた。

「って事は、警戒が厳しい。榊原兵衛たちがいるかもしれない」

才蔵は読んだ。

「おそらくな。それに、不首尾に終って戻ったばかりだ。追手が来るのに備えているやもしれぬ。迂闊《うかつ》に忍ばぬ方が良かろう」

喬四郎は、慎重に事を進める事にした。

「じゃあ、瑞久寺を一廻《まわ》りして、どんな寺かちょいと聞き込みを掛けて来ますか……」

「そうしてくれ」

喬四郎は頷いた。

才蔵は、天王寺門前町の賑わいに向かった。

喬四郎は、瑞久寺の山門の屋根に跳び、暗い境内を見廻した。

暗い境内を囲む土塀沿いには、植込みが続き、幾つかの燈籠《とうろう》が置かれていた。

喬四郎は窺った。

燈籠の配置は、忍び込んで来る敵に備えられている。

下手に忍び込めば、燈籠から鬼が出るか蛇が出るか……。

喬四郎は苦笑した。

瑞久寺は、暗く静かなままだった。


燭台《しょくだい》の明かりは、不動明王を仄《ほの》かに照らしていた。

「それで正源《しょうげん》、応快《おうかい》は何者かの手裏剣を受けて倒れたのか……」

榊原兵衛は、戻って来た雲水の正源を見据えた。

「はい……」

「忍びか……」

盗賊牛頭馬頭の義十を追い、赤馬の左平を斃《たお》した忍びの者だ。

榊原は睨んだ。

「おそらく。それで、役人たちに十重二十重に取り囲まれた時、何者かが炮烙玉を投げ込み、その煙りに紛れて……」

「囲みを破って逃れて来たか……」

「面目次第もございませぬ」

正源は平伏《ひれふ》した。

「正源、応快を斃したのと炮烙玉を投げ込んだのは、同じ忍びなのか……」

「それは、分かりません」

正源は項垂《うなだ》れた。

「そうか。良く分かった。下がるが良い……」

榊原は命じた。

「はっ、では……」

正源は下がった。

榊原兵衛は、正源が部屋を出て行くのを見届けた。

「蔵人《くらんど》……」

榊原は、次の間に声を掛けた。

「はっ……」

次の間の板戸が開き、精悍《せいかん》な若い武士が現れた。

「話は聞いたな」

「はい……」

蔵人と呼ばれた若い武士は頷いた。

「応快を斃し、正源たちを助けたのは、同じ忍びの者だ……」

榊原は、薄笑いを浮かべた。

「同じ忍びの者……」

蔵人は眉をひそめた。

「左様。応快を斃して正源たちを混乱させて炮烙玉で助け、逃げ込む先を見定める」

榊原は読んだ。

「では……」

蔵人は、厳しさを滲《にじ》ませた。

「うむ。おそらく此処《ここ》を突き止め、見張っている筈《はず》だ」

「ならば直ぐに……」

蔵人は、部屋を出て行こうとした。

「蔵人……」

榊原は制した。

「はっ」

蔵人は、座り直した。

「見張っている忍びの者の素性を突き止めろ」

「素性……」

「うむ。公儀の手の者か、それとも尾張に遺恨を抱く者か。手立ては任せる、何としてでも素性を突き止めるのだ」

榊原は、厳しい面持ちで命じた。

「心得ました。では……」

蔵人は、榊原に一礼して次の間に消えた。

「もし、公儀の手の者だとしたら……」

榊原は冷笑を浮かべた。

燭台の火は、油が切れ掛かったのか小刻みに瞬いた。

瑞久寺に才蔵が戻って来た。

喬四郎は、瑞久寺の山門の屋根から飛び降りた。

「何か分かったか……」

「はい。此《こ》の瑞久寺には住職と二人の若い坊主、それに二人の寺男がいて、普段から旅の雲水や托鉢《たくはつ》坊主が出入りしているそうですよ」

「旅の雲水や托鉢坊主か……」

「ええ。で、瑞久寺、どうですか……」

「うむ。人影は見えぬが、かなりの警戒をしている。下手に踏み込めば只《ただ》ではすまぬ」

「じゃあ、今は見張るしかありませんか……」

「うむ……」

喬四郎は頷《うなず》いた。


朝、谷中天王寺の勤行《ごんぎょう》が始まっても岡場所は深い眠りに落ちていた。

喬四郎と才蔵は、瑞久寺の斜《はす》向かいの茶店の二階の座敷を借り、交代で見張った。

才蔵は、壁に向かって寝息を立てていた。

喬四郎は窓辺に寄り、僅《わず》かに開けた障子の隙間から瑞久寺を見張っていた。

瑞久寺は山門を開け、寺男が掃除をしていた。

変わった様子はない……。

喬四郎は見張った。

寺男は掃除を終え、瑞久寺の境内に戻って行った。

昨夜、逃げ込んだ雲水たちの気配は窺《うかが》えなかった。

才蔵の寝息は続いた。

喬四郎は、雲水たちが出掛けたら忍び込み、榊原兵衛と隠居がいるかどうか見定めようとしていた。

刻《とき》が過ぎた。

町方の女がやって来て、瑞久寺の山門の陰から境内を窺った。

喬四郎は、瑞久寺の境内を窺う町方の女の顔に見覚えがあった。

見覚えがある……。

誰だ……。

喬四郎は、町方の女を見詰めた。

おつた……。

喬四郎は、町方の女が盗賊牛頭馬頭の義十の妾《めかけ》、おつただと気付いた。

おつたは、牛頭馬頭の義十の残した隠し金を巡り、軽衫袴《かるさんばかま》の武士たちと闘った旗本青山右近に連れ去られていた。

そのおつたが、瑞久寺に現れた。

青山右近は、赤馬の左平に深川の屋敷を燃やされ、家を取り潰《つぶ》されて浪人になった筈だ。

青山右近はどうしているのだ……。

おつたは、今でも青山右近と一緒にいるのか……。

そして、何故におつたは瑞久寺の様子を窺っているのか……。

喬四郎は気になった。

おつたは、瑞久寺の山門を離れて天王寺門前に向かった。

「才蔵……」

喬四郎は、才蔵に声を掛けた。

「はい……」

才蔵は、直ぐに眼を覚ました。

「牛頭馬頭の義十の妾が現れた」

「おつたですか……」

才蔵は眉《まゆ》をひそめた。

「うむ。追ってみる。後を頼む」

「心得ました」

才蔵は頷いた。

喬四郎は、才蔵を残して茶店の二階の座敷を駆け下りた。


喬四郎は、天王寺門前の通りに出た。

おつたは、天王寺門前の通りを東に進んでいた。

喬四郎は、尾行を開始した。

おつたは、南の岡場所に向かわず、真っ直ぐに進んで北に曲がった。

何処に行く……。

喬四郎は、追って北に曲がろうとした。

刹那《せつな》、背中に何者かの視線を感じた。

尾行《つけ》られている……。

喬四郎の勘が囁《ささや》いた。

榊原兵衛配下の土居下衆か……。

だが、視線に殺気は感じられない。

喬四郎は、微《かす》かな戸惑いを覚えた。
おつたは、芋坂《いもざか》を下って行く。
芋坂を下ると石神井《しやくじい》用水が流れており、根岸《ねぎし》の里に続いている。
おつたは、根岸の里に行くのか……。
喬四郎は読んだ。
だが、何者かに尾行られたままおつたを追って良いのか……。
喬四郎は迷った。
何者かの視線は続いていた。
先《ま》ずは、尾行て来る者を見定める……。
喬四郎は決めた。
おつたは芋坂を下り、石神井用水に架かる小橋を渡って根岸の里に向かって行った。
此処《ここ》迄《まで》だ……。
喬四郎は踵《きびす》を返した。
見詰めていた視線が揺れた。
喬四郎は、芋坂を戻った。

視線は付いて来る。

榊原兵衛は、逃げ戻った雲水たちからその経緯《いきさつ》を聞いた。そして、雲水たちの逃げ込み先を突き止める為の、何者かの企《たくら》みだと気が付いた。

喬四郎は読んだ。

榊原は、瑞久寺が突き止められて見張りが付いたと睨《にら》み、逆にその素性を割り出そうとしているのだ。

喬四郎と才蔵の潜む茶店は、既に榊原兵衛の配下に見張られている。

視線は付いて来た。

さあて、どうする……。

喬四郎は想いを巡らせた。

天王寺には参拝客が訪れ、岡場所は漸《よう》く眼を覚まし始めていた。

喬四郎は、瑞久寺の斜向かいの茶店に戻った。

「逆に見張られている……」

才蔵は、喬四郎に話を聞いて眉をひそめた。

「うむ。榊原兵衛、我らを泳がせ、素性を突き止めようとしているのだ」

喬四郎は苦笑した。

「どうします……」

「才蔵、お前は秘《ひそ》かに此処を脱《ぬ》け出し、おつたを捜してくれ」

「おつたを……」

「うむ。おそらく、おつたは根岸の里の何処かにいる筈《はず》だ」

「根岸の里ですか……」

「うむ。旗本から浪人にされた青山右近が一緒かもしれぬ。見付けて、何をしようとしているのか見定めてくれ」

「心得ました」

才蔵は頷《うなず》いた。

「俺は、榊原と土居下衆を引き付け、誘いがあれば乗ってみる」

喬四郎は、不敵に云い放った。

才蔵は、茶店の亭主に金を握らせて若旦那《わかだんな》風に形《なり》を変え、岡場所に向かった。

谷中天王寺門前の岡場所は、〝いろは茶屋〟と称して賑《にぎ》わっている。

才蔵は、賑わい始めた岡場所の女郎を冷やかして歩き、いつの間にか姿を消した。

石神井用水の流れは煌《きら》めき、畔《ほとり》には瀟洒《しょうしゃ》な家が点在していた。

根岸の里は、上野《うえの》の山陰にあって幽趣に富んでおり、文人墨客や趣味人たちに好まれていた。

才蔵は、石神井用水沿いの道を千住《せんじゅ》大橋に向かって進んだ。

喬四郎の睨みでは、盗賊牛頭馬頭の義十の妾《めかけ》のおつたと青山右近は根岸の里の何処かに潜んでいる。

才蔵は、家々の住人や奉公人に、近頃住み着いた町方の女と浪人がいないか、聞き込みを掛けながら進んだ。

おつたと青山右近を知る者は、容易に浮かばなかった。

才蔵は捜し歩いた。

三

喬四郎は、茶店の二階の座敷から瑞久寺を見張り、己を見詰める視線を探した。

己を見詰める視線は、瑞久寺の本堂の屋根から放たれていた。

喬四郎は見定めた。

瑞久寺から雲水の一団が出て来た。

誘いの餌……。

喬四郎は、出て来た雲水の一団をそうみた。

雲水の一団は、瑞久寺の山門を出て下谷に向かった。

乗ってやる……。

喬四郎は出掛ける仕度をし、薄笑いを浮かべて窓の障子を閉めた。


雲水の一団は、天王寺門前の通りを西の千駄木《せんだぎ》に向かった。

尾張藩土居下衆の黒崎《くろさき》蔵人は、雲水の一団を追う喬四郎を捜した。

喬四郎の姿は見えなかった。だが、相手は土居下衆の頭の榊原兵衛の邪魔をして来た忍びの者だ。

必ず尾行ている筈だ……。

蔵人は、喬四郎の姿を捜しながら雲水の一団に続いた。

雲水の一団は、千駄木の町に進んでいた。

瑞久寺の境内には、掃き集められた落葉が燃やされ、煙りが長閑《のどか》に漂っていた。

瑞久寺の警戒が手薄になり、見詰める視線は消えた。

喬四郎は見定め、瑞久寺の横手の土塀から境内に忍び込んだ。

境内に人影はなく、警戒している気配も窺《うかが》えなかった。

喬四郎は、雲水の一団を追うと思わせ、裏を画いて瑞久寺に忍び込んだ。

榊原兵衛は瑞久寺の何処にいるのか……。

喬四郎は、本堂の縁の下に忍んだ。

縁の下は苔《こけ》が生え、虫の死骸《しがい》や枯葉があった。そして、奥には柵《さく》が巡らされ、本堂の真下に迄は進めなくなっている。

喬四郎は、庫裏《くり》の裏手に忍び寄る為、本堂の縁の下を廻《まわ》って行く事にした。

本堂裏に廻り込んだ時、喬四郎は微《かす》かな違和感を覚えた。

微かな違和感は何だ……。

喬四郎は、違和感の元を探した。

本堂裏の柵の前に苔はなく、虫の死骸や枯葉もなかった。

違和感……。

喬四郎は、微かに覚えた違和感が何か気付いた。

何故、此処《ここ》だけ苔もなく、虫の死骸も枯葉もなく綺麗《きれい》なのだ……。

喬四郎は、辺りの様子を窺った。

人の通った痕跡《こんせき》があった。

喬四郎は、奥の柵を動かした。

柵は動いた。

喬四郎は、柵を検《あらた》めた。

柵は、他の処のものとは違って下は地面に埋められておらず、上も釘《くぎ》で留められていなかった。

柵は出入口であり、人が秘《ひそ》かに出入りしているのだ……。

喬四郎は読み、柵を両手で摑《つか》んで動かした。

柵は外れ、横に動いた。

喬四郎は、柵の内に入った。そして、人の通った痕跡を伝って奥に進んだ。

人の通った痕跡は、土台に建てられた柱の傍で消えていた。

喬四郎は、痕跡の消えた処の上を見上げた。

根太板《ねだいた》が張られていた。

おそらく、根太板に細工がしてあるのだ。
喬四郎は、根太板を押し上げた。
三尺四方の根太板は重く、ゆっくりとあがった。
忍び口だ……。
喬四郎は、あげた根太板の向こうを油断なく窺った。
根太板の向こうは暗かった。
喬四郎は、何らかの反応を待った。
反応はない。
喬四郎は、忍び口を窺い、素早く忍び込んだ。

暗い。
喬四郎は、忍び口の傍に潜み、暗がりを透かし見た。
そこは三畳程の狭い部屋であり、板戸があった。
喬四郎は、板戸の外の様子を窺った。
物音もしなければ、人のいる気配も窺えなかった。
喬四郎は、板戸を開けようとした。

足音がし、人の来る気配がした。

喬四郎は、板戸を開けるのを思い止《とど》まった。

「どうした、陣内《じんない》……」

榊原兵衛の声がした。

喬四郎は緊張した。

「はっ。山門の前に浪人が彷徨《うろつ》き、寺の様子を窺っています」

陣内は告げた。

「浪人だと……」

榊原の声は、緊張を滲《にじ》ませた。

「はい……」

「よし……」

榊原は、報《しら》せに来た陣内と立ち去った。

板戸の外では、榊原兵衛が己の気配を消していたのだ。

危なかった……。

喬四郎は、己の迂闊《うかつ》さを恥じた。

それより、瑞久寺を窺っている浪人がいる。

まさか……。

喬四郎は気になった。

此処迄《まで》だ……。

喬四郎は、忍び口から縁の下に戻って根太板を閉めた。


榊原兵衛は、本堂の暗がりから山門を眺めた。

山門の向こうには、着流しの浪人が佇《たたず》んでいた。

右近……。

榊原は、佇んでいる浪人が青山右近だと気が付いた。

「陣内……」

「はっ……」

「浪人を境内に入れて、山門を閉めろ」

榊原は命じた。

「心得ました」

陣内は、本堂から立ち去った。

「今頃、何しに出て来たのだ……」

榊原は、嘲笑《ちょうしょう》を浮かべて青山右近を見据えた。

やはり、青山右近……。

喬四郎は本堂の屋根に潜み、山門に佇んでいる浪人を青山右近と見定めた。

右近は何しに来たのだ。

榊原兵衛はどうする。

喬四郎は、事態を見守った。


「お侍さま……」

寺男姿の陣内は、青山右近に近付いた。

「寺に何か御用にございますか……」

「此処に榊原兵衛と申す侍がいると聞いて来たのだが、いるかな」

青山右近は、薄笑いを浮かべた。

「は、はい。おいでになりますが……」

「逢《あ》わせて貰《もら》おう」

「はい。こちらにございます」

陣内は、右近を本堂に誘《いざな》った。

右近は、境内に入った。

二人の坊主が現れ、山門を閉めた。

右近は振り返った。

二人の坊主は、閉めた山門の前で錫杖《しゃくじょう》を構えた。

「お侍……」

陣内は促した。

右近は苦笑し、陣内に続いた。

榊原兵衛は、本堂の暗がりから陽の当たっている階《きざはし》に進み出た。

「榊原兵衛……」

青山右近は、本堂の階に立つ榊原を見上げた。

「青山右近、何処に隠れていた……」

榊原は、右近に笑い掛けた。

「榊原、何故に我が屋敷に火を放った」

右近は、榊原を見据えた。

「知らぬ。付け火の玄人、赤馬の左平のやった事だ」

榊原は苦笑した。

「黙れ。屋敷を牛頭馬頭の義十の隠れ家に貸すのは許したが、付け火を許した覚えはない」

「そうか。だが、酒と博奕《ばくち》に現《うつつ》を抜かし、賭場《とば》に作った借金の肩代わりを条件に屋敷を盗賊に貸したと公儀に知られれば、青山家は断絶、おぬしは切腹。今更、屋敷が付け火で焼け落ち、浪人になった処で何ほどの事でもあるまい」

榊原は嘲笑した。

「おのれ……」

右近は、榊原に鋭く斬り付けた。

榊原は跳び退《の》いた。

陣内と二人の坊主は、錫杖の仕込刀を抜いて右近に迫った。

右近は、榊原を追って本堂の階に駆け上がろうとした。

坊主の一人が、右近に追い縋《すが》って斬り掛かった。

右近は、躱《かわ》しもせずに坊主の刀を左肩に受けた。

坊主は戸惑った。

右近は、左肩から血を流して坊主に斬り付けた。

坊主は、額を斬られて仰《の》け反り倒れた。

肉を斬らせて骨を断つ……。

それは、剣の心得の余りない右近の必死の攻撃だった。

右近は、斬られた左肩から血を滴らせて本堂の階をあがった。

「榊原……」

右近は、眼を血走らせて本堂に榊原を捜した。

陣内と残った坊主が、右近に斬り掛かった。

右近は、懸命に斬り結んだ。だが、手負いの右近は激しく斬り立てられ、足を取られて倒れた。

倒れた右近に、刀が突き付けられた。

榊原だった。

「さ、榊原……」

右近は、満面に憎悪を浮かべた。

「此迄《これ》だ。青山右近、屋敷を火事で失い、既に浪人に落ちたおぬしだ。最早、失う物もあるまい……」

榊原は嗤《わら》い、右近に突き付けていた刀を構えた。

刹那《せつな》、手裏剣が飛来した。
榊原は、咄嗟《とっさ》に跳び退いた。
手裏剣は、榊原のいた処を飛び抜けて壁に突き刺さった。
四方手裏剣だった。
陣内と坊主が、榊原を護《まも》るように身構えた。
錏頭巾《しころずきん》に忍び装束の喬四郎が現れ、榊原、陣内、坊主に襲い掛かった。
陣内と坊主は、必死に応戦した。
「逃げろ、青山……」
喬四郎は、右近に告げた。
右近は頷《うなず》き、斬られた左肩を庇《かば》いながら階を降りて山門に走った。
坊主は、右近を追った。
喬四郎は、四方手裏剣を投げた。
四方手裏剣は唸《うな》りをあげて飛び、坊主の背に深々と突き刺さった。
坊主は、前のめりに倒れた。
「おのれ……」
陣内は、喬四郎に猛然と斬り掛かった。

喬四郎は、横薙《よこな》ぎの一刀を鋭く放った。
陣内は、腕を斬られて刀を落し、血を振り撒《ま》いて跳び退いた。
喬四郎は、榊原に斬り掛かった。
榊原は斬り結んだ。
鋭く強靭《きょうじん》な剣……。
喬四郎は、榊原の剣を尾張柳生流だと睨《にら》んだ。
榊原は跳び退いた。
喬四郎は、間合いを取って対峙《たいじ》した。
「榊原兵衛、尾張藩の土居下衆の頭か……」
「お前は……」
榊原は、喬四郎を見据えた。
「そうか、やはり尾張の土居下衆か……」
喬四郎は、榊原の言葉を無視して嗤った。
榊原は、喬四郎の嗤いを叩《たた》き消す勢いで斬り付けた。
喬四郎は、素早く跳び退いて身構えた。
「榊原、盗賊牛頭馬頭の義十の押し込み、赤馬の左平の付け火、そして町奉行所同心の斬殺《ざんきつ》、江戸を荒らしてどうするつもりだ」
「知りたいのなら、己の素性を云うのだな」
榊原は嗤った。
刹那、喬四郎に手突矢《てつきや》が飛来した。
手突矢とは、手で投げる矢のような二尺程の長さの槍《やり》だ。
喬四郎は、咄嗟に本堂の屋根に跳んだ。
手突矢は、壁に突き刺さって胴震いした。
喬四郎は、本堂の屋根で振り返った。
出掛けた雲水たちが、山門から雪崩《なだ》れ込んで来た。
雲水たちは、追って来る者がいないのに気が付き、慌てて駆け戻って来たのだ。
喬四郎は読んだ。
此迄だ……。
喬四郎は、屋根の反対側に走り、裏の雑木林に跳んだ。
「榊原さま……」
蔵人が、榊原に駆け寄った。
「蔵人、裏を画かれたようだな」

榊原は、腹立たしさを露《あらわ》にした。

「はい。追います」

蔵人は、喬四郎を追って本堂の屋根に跳んだ。

「おのれ。正源、寺の中を検《あらた》め、護りを固めろ」

榊原は、駆け戻って来た雲水の頭の正源に命じた。


根岸の里には石神井用水のせせらぎが響き、水鶏《くいな》が長閑《のどか》に鳴いていた。

才蔵は、時雨《しぐれ》の岡、御行《おぎょう》の松の下に腰を下ろして一休みをしていた。

おつたと青山右近は見つからず、その形跡もなかった。

根岸の里にいると云うのは、喬四郎の勘違いなのかもしれない。

才蔵は、陽差しに輝く石神井用水を眼を細めて眺めた。

着流しの浪人が、よろめきながら石神井用水沿いの道をやって来た。

どうした……。

才蔵は、素早く御行の松の陰に入って着流しの浪人を見守った。

着流しの浪人は、着物の左肩を赤く染めていた。

血だ……。

才蔵は、着流しの浪人が、左肩を斬られているのに気が付いた。
着流しの浪人は、石神井用水沿いの道から北の田舎道に曲がった。
青山右近……。
才蔵は、着流しの浪人を青山右近と見定めた。そして、御行の松の陰を出て追った。

田畑の緑は風に揺れていた。
着流しの浪人は、田畑の間に田舎道をよろめきながら進んだ。
乾いた田舎道には、血の雫《しずく》が僅《わず》かに滴り落ちていた。
才蔵は、田舎道から畑に降りて着流しの浪人を追った。
小さな百姓家が行く手に見えた。
着流しの浪人は、小さな百姓家に向かっている。
才蔵は睨んだ。
着流しの浪人は、才蔵の睨み通り小さな百姓家に入って行った。
才蔵は見届けた。
小さな百姓家には、青山右近とおつたがいるのに違いない。

才蔵は、小さな百姓家を眺めた。

緑の田畑の中の小さな百姓家は、背後の隅田川の流れの煌《きら》めきに浮かんでいた。

根岸の里……。

喬四郎は、青山右近がおつたと一緒に根岸の里にいると睨み、石神井用水沿いの道を進んだ。

石神井用水沿いの道には、血が滴り落ちていた。

喬四郎は、血が青山右近の左肩から滴り落ちたものだと読んだ。

やはり、青山右近はおつたと一緒にいる……。

喬四郎は、滴り落ちた血を消しながら進んだ。

滴り落ちた血が榊原の手の者に見つかれば、青山右近とおつたの居場所が突き止められる。

突き止められれば、青山右近とおつたの命はない……。

喬四郎はそれを恐れ、滴り落ちた血を消しながら追った。

血の滴りは、石神井用水沿いの道から北に続く田舎道にあった。

喬四郎は、緑の田畑の間にある田舎道を進んだ。

才蔵は、小さな百姓家を窺《うかが》った。
小さな百姓家の中では、女が横たわった青山右近の左肩の傷の手当てをしていた。
女はおった……。
才蔵は見定めた。
おったと青山右近の居所を漸《ようや》く突き止めた。
青山右近は、かなりの深手のようだが命は助かるのか……。
才蔵は眉《まゆ》をひそめた。
田舎道を来る人影が見えた。
誰だ……。
才蔵は、小さな百姓家の前の木陰に潜んだ。
人影は喬四郎だった。
才蔵は気が付き、畑の中を喬四郎の許《もと》に急いだ。
喬四郎は、才蔵に気付いた。
才蔵は、畑から出た。
「あの百姓家か……」

喬四郎は、小さな百姓家を示した。

「はい。おつたと青山右近がいます」

「そうか。で、青山右近の傷の様子はどうだ」

「かなり酷《ひど》いようですが、青山右近が深手を負ったのを、どうして……」

才蔵は、喬四郎に怪訝《けげん》な眼を向けた。

「うむ……」

喬四郎は頷《うなず》き、青山右近が瑞久寺にいる榊原兵衛の許に来てからの顚末《てんまつ》を教えた。

「そうでしたか……」

「よし。おつたに逢《あ》ってみよう……」

喬四郎は、小さな百姓家に向かった。

才蔵は続いた。

おつたが小さな百姓家から現れ、喬四郎と才蔵を見て怯《ひる》んだ。

「青山右近の傷の具合、どうだ……」

喬四郎は尋ねた。

「助けて。助けて下さい」

おつたは、縋《すが》る眼差《まなざ》しを喬四郎に向けた。

風が吹き抜け、田畑の緑は大きく揺れた。

四

小さな百姓家の中は薄暗く、血の臭いに満ちていた。

蒲団《ふとん》に横たわった青山右近は、斬られた左肩に巻いた布に血を滲《にじ》ませ、意識を混濁させていた。

喬四郎は、右近の左肩の傷を検めた。

血はどうにか止まっていたが、深い傷の奥に白い骨が僅かに見えた。

「酷いな……」

喬四郎は眉をひそめた。

「お願いです。助けて下さい……」

おつたは、必死に頭を下げて涙声で頼んだ。

「才蔵、口の固い医者を秘《ひそ》かに連れて来い」

喬四郎は、金を渡して命じた。

「承知……」

才蔵は頷き、小さな百姓家から出て行った。

「酒はあるか……」

喬四郎は、おったに尋ねた。

「は、はい……」

「持って来てくれ」

喬四郎は、おったの持って来た一升徳利《どくり》の酒を口に含み、右近の左肩の傷に吹き掛けた。

右近は、微《かす》かに呻《うめ》いた。

喬四郎は、傷口を酒で洗い、新しい布をしっかりと巻いた。

「私に出来るのは此処迄《ここまで》だ。後は医者の来るのを待とう」

喬四郎は、おったに告げた。

「はい……」

おったは頷いた。

「おぬしは……」

右近が、血の気の引いた顔で喬四郎を見上げていた。

「右近さま……」

おつたは、右近に躙《にじ》り寄った。

「おつた……」

「気が付いたか……」

「おぬし……」

右近は、喬四郎を見詰めた。

「俺は榊原兵衛に恨みを持つ者だ」

喬四郎は、偽りを告げた。

「まことか……」

「うむ……」

喬四郎は苦笑した。

「まあ、良い。何《いず》れにしろ礼を申す」

右近は、血の気の引いた顔を引き攣《つ》らせて小さく笑い、眼を瞑《つぶ》った。

助けてくれた忍びの者……。

右近は、喬四郎が忍びの者であり、公儀の隠密《おんみつ》だと気付いたかもしれない。

喬四郎は、右近の小さな笑いをそう読んだ。

「右近さま……」

おつたは呼び掛けた。

右近の返事はなかった。

「右近さま……」

おつたは、心配を募らせた。

喬四郎は、右近の様子を窺った。

右近は、苦しげな息を微かにしていた。

「案ずるな。気を失っただけだ」

喬四郎は、おつたを安心させた。

「そうですか……」

「おつた、榊原の許に戻らなくて良いのか……」

喬四郎は、おつたを見詰めた。

「旦那《だんな》……」

おつたは、喬四郎を哀しげに見返した。

「私は此《こ》の家で生まれ育ちましてね……」

おつたは、薄暗く狭い家の中を見廻《みまわ》した。

「此の家で……」

喬四郎は眉《まゆ》をひそめた。

「十四歳の時、お父っつあんは酔っ払って隅田川に落ちて溺《おぼ》れ死に。おっ母さんと私たち子供が残され。私はお父っつあんが博奕《ばくち》で作った借金の形に年季奉公に出されて、騙《だま》されたり甚振《いたぶ》られたり、泥水を啜《すす》って、気が付いたら妾稼業《めかけ》……」

おつたは、己を嘲《あざけ》るような笑みを浮かべた。

「おっ母さんたちはどうした……」

「おっ母さんは病で死んで、弟たちは行方知れずですよ」

おつたは淡々と告げた。

「ならば、天涯孤独の身と同じか……」

「ええ。気楽なもんですよ」

おつたは苦笑した。

苦笑には、哀しさが滲んでいた。

「して、妾稼業をしていて榊原兵衛と知り合ったのか……」

「婆やのおときに引き合わされましてね。そうしたら榊原、義十の妾になれと……」

「で、牛頭馬頭の義十の妾になったのか……」

「ええ。所詮《しょせん》、お金が目当ての妾稼業。好きも嫌いもなく、善人か悪党かなんてのも拘《かか》わりありませんよ」

「そうか……」

「ですから旦那、私は榊原の処に戻る義理もなけりゃあ、恩義もない……」

おつたは苦笑した。

「じゃあ、おつた。お前は婆やのおときに榊原と引き合わされたのだな」

「ええ……」

「婆やのおときとの拘わりは……」

「おときさんは、妾の家の婆やを生業《なりわい》にしていましてね。榊原に引き合わすと云って来たんですよ」

「じゃあ、榊原とは、その時に初めて逢《あ》ったのか……」

「はい。そして、私は榊原の勧め通りに義十の妾になり、おときさんが婆やに……」

「で、おときは今、何処にいる」

「富沢町の家にいるんじゃありませんか……」

おつたは、戸惑いを浮かべた。

「いや、いない……」

「じゃあ私には……」

おつたは、分からないと首を横に振った。

「そうか……」

おときと榊原兵衛には、何らかの拘わりがあるのかもしれない。

喬四郎は読んだ。

「処でおつた。瑞久寺が榊原の隠れ家だと知っていたのか……」

「義十に聞いた覚えがあって……」

「そうか……」

右近は、おつたからそれを聞いて瑞久寺に行ったのだ。

「旦那、似ていると思いませんか、右近さまと私……」

「似ている……」

喬四郎は戸惑った。

「ええ。家族をなくし、流されるままに生きて来た。運が悪く、馬鹿で愚かな処が
……」

おつたは、気を失っている右近に淋《さび》しげに笑い掛けた。

おつたの話に嘘はない……。

喬四郎は信じた。

表に人の来る気配がした。

才蔵が、初老の町医者を連れて来た。

町医者は、眉をひそめながらも右近の左肩の傷の手当てをした。

「先生、助かりますか……」

おつたは、縋《すが》るように町医者に尋ねた。

「それは未《ま》だ何とも云えぬ。だが、もし助かったとしても、左腕はもう使えぬだろう」

町医者は淡々と告げた。

「そうですか。でも、左腕が使えなくなっても、命さえ助かれば、生きてさえいれば……」

おつたは、気を失っている右近を見詰めて自分に言い聞かせるように呟《つぶや》いた。

「才蔵、暫《しばら》く此処《ここ》にいて、青山右近がどうなるか見定めてくれ」

喬四郎は、才蔵に囁《ささや》いた。

「承知……」

才蔵は頷《うなず》いた。

「それから、医者が信用出来ぬ時は、容赦は要らぬ」

喬四郎は、右近の手当てをしている町医者を見ながら才蔵に命じた。

才蔵は、厳しい面持ちで頷いた。

喬四郎は、右近の枕元に不安げに座っているおつたを一瞥《いちべつ》し、小さな百姓家を出た。


隅田川の流れは夕陽に輝いていた。

喬四郎は、田畑の中の田舎道を進み、町屋村《まちやむら》を抜けて隅田川の下流に向かった。

下流には千住大橋が見えた。

千住大橋の手前にある奥州《おうしゅう》街道裏道を通り、谷中に戻る。

喬四郎は、榊原兵衛たち土居下衆に右近とおつたの居場所を気付かれるのを恐れ、遠回りをする事にしたのだ。

夕陽に照らされた千住大橋には、多くの人々が行き交っていた。

谷中いろは茶屋は、連なる提灯《ちょうちん》の明かりが揺れ、訪れた客たちで賑《にぎ》わっていた。

喬四郎は、岡場所の賑わいを避け、暗がり伝いに瑞久寺に向かった。

尾行《つけ》て来る者の視線も気配もない。

未だ見付けられてはいない……。

喬四郎は進んだ。


天王寺の西側にある瑞久寺は、夜の闇に沈んでいた。

喬四郎は、門前町の茶店の屋根に潜んで斜向《はす》かいに見える瑞久寺を窺《うかが》った。

瑞久寺の境内は暗く、人が潜んでいる気配は窺えなかった。だが、榊原兵衛は甘くはない。土居下衆が必ず何処かに潜んでいる。

喬四郎は、暗い境内の石燈籠《いしどうろう》に眼を凝らした。

出来るならば榊原兵衛を捕え、御隠居と呼ばれている年寄りの正体と江戸を騒がす目的を突き止める。

もし、それが叶《かな》わぬ時は、榊原兵衛を斬り棄てる……。

喬四郎は決め、拳大《こぶし》の石を瑞久寺に投げた。

拳大の石は、瑞久寺の本堂の屋根に当たって音を立てた。

黒装束の男たちが、境内にある幾つかの石燈籠の陰から現れた。

土居下衆だ……。

睨《にら》み通り、石燈籠には見張りが潜んでいた。

黒装束の男たちは、音のした本堂の屋根に向かった。

喬四郎は、茶店の屋根から飛び降り、瑞久寺の土塀に向かって走った。そして、地を蹴《け》って土塀を跳び越えた。

喬四郎は、瑞久寺の植込みに忍んだ。

黒装束の男たちは、本堂の屋根にあがっていた。

喬四郎は、本堂の縁の下に走った。

縁の下は暗かった。

喬四郎は、暗い縁の下を本堂の裏手に廻《まわ》った。そして、柵《さく》を外して縁の下の奥に進み、土台に建てられた柱の傍に忍び、頭上の根太板を押し上げた。

根太板はあがった。

喬四郎は、暗く狭い部屋に素早く入り、根太板を閉めて隅に忍んだ。
静かな刻《とき》が何事もなく過ぎた。
不審な処はない……。
喬四郎は見定め、暗く狭い部屋の外の気配を窺った。
人の気配も殺気もない……。
だが、昼に忍び込んだ時、榊原が暗く狭い部屋の外にいたのだ。
油断はならない……。
だが、もし榊原がいたなら捜す手間は省けるのだ。
喬四郎は、暗く狭い部屋の板戸を開け、素早く奥に忍び込んだ。

喬四郎は、暗い周囲を透かし見た。
そこは広い板の間であり、喬四郎は上段の間に出たのだ。
暗く広い板の間は冷ややかであり、人のいる気配はなかった。
喬四郎は見定め、廊下に出た。
廊下に灯《とも》された常夜灯は、黒光りしている床板に映えていた。

喬四郎は、廊下の奥を窺った。
廊下の奥は、瑞久寺の座敷に続いているのかもしれない。
何《いず》れにしろ進むしかない……。
喬四郎は、黒光りしている廊下を進んだ。
不意に床が甲高く鳴った。
しまった……。
廊下の床には、鶯《うぐいす》張りの細工がされていた。
数本の弩《ど》の矢が、廊下の奥の壁から唸《うな》りをあげて飛来した。
喬四郎は、咄嗟《とっさ》に長押《なげし》に跳んだ。
弩の矢は、音を立てて壁に突き刺さり、胴震いした。
土居下衆が現れ、長押にいる喬四郎に十字手裏剣を放った。
喬四郎は、苦無《くない》で天井板を破り、素早く天井裏に入った。
十字手裏剣が、喬四郎のいた長押に突き刺さった。
土居下衆は、喬四郎を追って天井に跳んだ。
天井裏の柱には鳴子が張り巡らされ、梁《はり》には撒《ま》き菱《びし》が埋め込まれていた。

迂闊《うかつ》に動けない。
喬四郎は微《かす》かに焦った。
土居下衆が追って現れた。
喬四郎は、四方手裏剣を放った。
土居下衆は、柱の陰に隠れた。
刹那《せつな》、喬四郎は天井板を蹴破《けやぶ》って廊下に飛び降りた。

廊下にいた土居下衆は、天井板を蹴破って飛び降りて来た喬四郎に狼狽《うろた》えた。
喬四郎は、土居下衆を素早く苦無で倒し、廊下の奥に走って左に曲がった。
続いて降りて来た土居下衆が、喬四郎を追って廊下の奥に走った。

土居下衆が、廊下を曲がって現れた。
四方手裏剣が続け様に飛来し、先頭にいた土居下衆が倒れた。
土居下衆は素早く廊下の角に隠れ、角の先を窺った。
刹那、四方手裏剣が飛来した。
土居下衆は潜んだ。

迂闊に迫えば、四方手裏剣の餌食《えじき》になる。

土居下衆は、追うのを躊躇《ためら》った。


喬四郎は、座敷の連なる廊下に出た。

奥の座敷の障子には、小さな明かりが映えていた。

榊原兵衛がいるか……。

喬四郎は、障子に小さな明かりの映えている座敷に忍び寄った。そして、障子を開けて座敷に踏み込んだ。

刹那、刀が煌《きら》めき、刃風が鳴った。

喬四郎は転がって躱《かわ》し、素早く身構えた。

中年の住職が、喬四郎に斬り付けた。

喬四郎は、住職の刀を握る両腕を抱え込み、苦無を喉元《のどもと》に突き付けた。

住職は仰《の》け反った。

「榊原兵衛は何処にいる……」

「し、知らぬ……」

住職は、声を震わせた。

喬四郎は、住職の喉元に苦無を刺した。
血が滴り落ちた。
「死にたくなければ、榊原の居場所を云え」
喬四郎は、恐怖に醜く顔を歪《ゆが》める住職を問い詰めた。
刹那、圧倒的な殺気が押し寄せた。
喬四郎は、咄嗟に住職と体《たい》を入れ替えた。
肉と骨を断つ音がし、血が飛んだ。
住職は、真っ向から斬り下げられて崩れた。
榊原兵衛が、二の太刀を放とうとしていた。
喬四郎は、血塗《ちまみ》れの住職を榊原に向かって突き飛ばした。
榊原は住職を払い退《の》け、喬四郎に鋭く斬り掛かった。
喬四郎は、苦無を投げた。
榊原は苦無を躱し、体勢を僅《わず》かに崩した。
喬四郎は、大きく踏み込んで抜き打ちの一刀を放った。
榊原の左腕から血が飛んだ。
喬四郎は、二の太刀を放った。

榊原は、跳び退いて躱した。

「榊原、江戸を荒らして公儀の威光を貶《おとし》め、吉宗公を将軍の座から引き摺《ず》り降ろす企て、企《たくら》んだのは尾張だな」

喬四郎は榊原に迫った。

「おのれ……」

榊原は、下段からの一刀を鋭く斬り上げた。

喬四郎は、跳び退いて躱した。だが、着物の胸元が斬り裂かれていた。

最早、斬り棄てるしかない……。

喬四郎は、捕える《ママ》のを諦《あきら》めた。

榊原は、左袖《そで》を血に染めて刀を構えた。

土居下衆が現れ、榊原を庇《かば》って喬四郎に襲い掛かった。

喬四郎は斬り結んだ。

榊原は逃げた。

此迄《これまで》だ……。

喬四郎は、咄嗟に小さな明かりを灯していた燭台《しょくだい》を蹴飛ばした。

燭台の火は、障子や襖《ふすま》に飛び散って炎を上げた。

土居下衆は狼狽えた。

喬四郎は、猛然と斬り込んだ。

刀が煌めき、土居下衆は倒れた。

障子と襖は大きく燃え上がった。

喬四郎は座敷を出て、雨戸を蹴倒して暗い庭に跳んだ。

座敷に広がった炎は燃え盛った。

第四章　庭番成敗

一

瑞久寺の火事は、二つの座敷を焼いただけで消し止められた。
喬四郎は見届けた。
榊原兵衛は、既に配下の土居下衆と瑞久寺から立ち去っていた。
何処に行ったのか……。
喬四郎は想いを巡らせた。
尾張藩江戸屋敷の何処かなのか……。
それとも、瑞久寺のような土居下衆の隠れ家なのか……。
何《いず》れにしろ、一刻も早く榊原たちの企ての全貌《ぜんぼう》を摑《つか》まなくてはならない。
喬四郎は、榊原の行き先を突き止める手立てを思案した。

よし……。

喬四郎は決めた。

いろは茶屋は気怠《けだる》い朝を迎えていた。

喬四郎は、塗笠《ぬりがさ》を目深に被《かぶ》って茶店を後にした。そして、天王寺門前から岡場所を抜け、谷中八軒町《はちけんちょう》から東叡山御山沿いの道を進んだ。

尾行《つけ》てくる……。

不忍池の畔《ほとり》に出た喬四郎は、塗笠をあげて参拝客の行き交う弁天《べんてん》島を眺めた。

不忍池では水鳥が遊び、幾つもの波紋が広がっていた。

見詰める視線は続いていた。

喬四郎は、尾行者がいるのをそれとなく確かめた。

尾行者の視線は、茶店を出た時から追って来ていた。

喬四郎は振り向き、鋭い眼差《まなざ》しで辺りを見廻《みまわ》した。

見詰めていた視線は消えた。

喬四郎は、何事もなかったかのような顔で不忍池の畔を下谷広小路に向かった。

視線が再び追って来た。
その調子で追って来るが良い……。
喬四郎は苦笑した。

忍びの者の素性を突き止める……。
黒崎蔵人は、榊原に命じられた使命を何としてでも果たそうとしていた。
その為、仲間の土居下衆が忍びの者に斃《たお》されるのも冷徹に見守った。
忍びの者は、尾行に気付かず下谷広小路に向かっている。
下谷広小路の雑踏で見失ってはならない。
蔵人は、塗笠を被った忍びの者を慎重に追った。

緑の田畑では、百姓たちが野良仕事に励んでいた。
不審な奴は来ない……。
才蔵は、小さな百姓家の土間の框《かまち》に腰掛け、田舎道を窺《うかが》っていた。
近付いて来る者はいない……。
才蔵は、座敷を振り返った。

寝ている青山右近の傍らでは、おったと町医者が看病に疲れて居眠りをしていた。

「おった……」

右近は、おったの名を呼んだ。

「右近さま……」

おったは眼を覚まし、右近に寄った。

「右近さま、おったは此処《こ こ》です。此処にいます」

おったは、右近の手を取った。

「おった……」

右近は、片頰を引き攣《つ》らせて笑い、おったの手を握り返した。

「右近さま……」

おったは、右近の笑みに釣られるように微笑んだ。

刹那《せつな》、右近は息を引き取った。

おったは戸惑った。

「どうした……」

町医者が、右近の様子を診た。そして、慌てて脈を取った。

才蔵は、右近の異変に気が付いた。

「気の毒だが、此迄だ……」

町医者は、眉《まゆ》をひそめておったに告げた。

「此迄って……」

おったは、怪訝《けげん》に町医者を見た。

「息を引き取った。死んだ……」

町医者は告げた。

「死んだ……」

おったは呆然《ぼうぜん》と呟《つぶや》いた。

「うむ……」

町医者は、右近に手を合わせた。

才蔵は、座敷にあがって右近の死を見定めた。

「死んだ……」

おったの頰に涙が伝った。

鎧之渡《よろいのわたし》の渡し船は、日本橋川を横切って小網町の渡し場に向かっていた。

喬四郎は、小網町の長屋に戻った。

長屋には、赤ん坊の泣き声が響いていた。
喬四郎は、長屋の井戸端で水を飲みながら背後を窺った。
編笠《あみがさ》を被った袴姿《はかますがた》の侍が、長屋の木戸の傍に現れた。
尾行者……。
喬四郎は、視線の主の姿を漸《ようや》く見定めた。

長屋の家は薄暗く、澱《よど》んでいた。
喬四郎は、狭い家の奥の障子と雨戸を開けた。
雨戸の外には狭い庭があり、家の中に陽差しを送り込んだ。
喬四郎は戸口に戻り、台所の窓から井戸端を見た。
編笠を被った袴姿の侍は、井戸端で中年のおかみさんに小粒を握らせていた。
中年のおかみさんに金を握らせ、喬四郎の事を聞き込むつもりなのだ。
さあて、何が分かるのか……。
喬四郎は苦笑した。

「奥の家の浪人さんですか……」

中年のおかみさんは、小粒を握り締めて眉をひそめた。

「うむ。何と云う名だ……」

蔵人は訊《き》いた。

「大石安兵衛《おおいしやすべえ》って名前だったと思いますよ」

「大石安兵衛……」

蔵人は眉をひそめた。

「ええ。一月前に引っ越して来たばかりでしてね。どんな人かは未《ま》だ……」

中年のおかみさんは、首を捻《ひね》った。

「そうか。じゃあ、何をして暮らしを立てているのかは、どうだ……」

「さあ、良く分かりませんが、口入屋の仕事でもしているんじゃあないですか……」

「口入屋の仕事か……」

「ええ……」

「じゃあ、訪ねて来る者はいないか……」

「時々、若い浪人さんが来ていますよ」

「若い浪人か……」

「ええ……」

「そうか……」
此迄《これまで》だ……。
忍びの者は、小網町の長屋に住んでいる大石安兵衛、仲間と思われる若い浪人がいる。
蔵人は見定めた。
編笠に袴姿の侍は、中年のおかみさんに礼を云って立ち去った。
何を訊いたかは知らないが、聞き込みは終ったようだ。
よし……。
喬四郎は、狭い庭から長屋の家を出た。
風が吹き抜け、外濠《そとぼり》に小波《さざなみ》が走った。
編笠に袴姿の侍は、四ッ谷御門内、麴町《こうじまち》十丁目に進んだ。
麴町十丁目に尾張藩中屋敷がある。
編笠に袴姿の侍は、尾張藩中屋敷に行くのか……。
喬四郎は読み、編笠に袴姿の侍を巧みに尾行《つけ》た。

尾張藩中屋敷の表門前では、老下男が掃除をしていた。

編笠に袴姿の侍は、掃除をしていた老下男の挨拶《あいさつ》を無視して尾張藩中屋敷に入って行った。

老下男は、腹立たしげに見送った。

「父っつあん、今の侍、名は何と云う」

喬四郎は、老下男に尋ねた。

「えっ……」

老下男は、喬四郎に怪訝な眼を向けた。

「教えてくれ……」

喬四郎は、老下男に素早く小粒を握らせた。

「お、お侍……」

「奴の名は……」

「黒崎蔵人です……」

喬四郎は笑い掛けた。

老下男は、小粒を握り締めた。

「黒崎蔵人か……」

「よし。父っつあん、此《こ》の事は他言無用だ」

喬四郎は、悪戯《いたずら》っぽく笑った。

「ええ……」


尾行ていた編笠に袴の侍の名は、黒崎蔵人だった。

黒崎蔵人は、喬四郎の偽名と居場所を突き止めて尾張藩江戸中屋敷に入った。

尾張藩江戸中屋敷には、土居下衆の頭である榊原兵衛がいるのだ。

喬四郎は、四ッ谷御門の袂《たもと》から尾張藩江戸中屋敷を眺めた。


「小網町の長屋で暮らしている大石安兵衛か……」

榊原兵衛は、黒崎蔵人を見詰めた。

「はい。長屋の者の話では、若い浪人が出入りしているそうです」

蔵人は告げた。

「よし。直ぐに陣内たち土居下衆を連れて長屋に戻り、大石安兵衛の素性を突き止めろ」

榊原は命じた。

「心得ました」

蔵人は、榊原のいる重臣屋敷を勇んで出て行った。

「榊原さま、日下祐馬《くさかゆうま》にございます」

廊下から若い男の声がした。

「祐馬か、入るが良い」

「はっ……」

祐馬が、障子を開けて入って来た。

「傷の手当てを……」

「うむ……」

榊原は、左肩を脱いだ。

左腕には、晒《さら》し布が巻かれていた。

「御免……」

祐馬は、榊原の左腕の晒し布を解き、傷の手当てを始めた。

「御隠居はどうした」

「お出掛けになったまま、未だ……」

祐馬は、傷の手当てを続けた。

「それから榊原さま、御家老さまがお召しにございます」

「そうか……」

「御家老さまが……」

榊原は眉《まゆ》をひそめた。

「はい……」

「よし。此からお伺いする」

榊原は、厳しい面持ちで告げた。


尾張藩江戸中屋敷から、黒崎蔵人が陣内たち土居下衆を連れて出掛けて行った。

喬四郎は、四ッ谷御門の袂から見送った。

おそらく、小網町の大石安兵衛の住む長屋に行った。

喬四郎は読み、苦笑した。

〝大石安兵衛〟とは、赤穂義士の大石内蔵助《くらのすけ》と堀部《ほりべ》安兵衛の名から作った偽名だ。

尾張藩江戸中屋敷には、榊原兵衛の他に御隠居と呼ばれる年寄りもいるのか……。

喬四郎は、尾張藩江戸中屋敷を窺《うかが》った。

榊原兵衛が、尾張藩江戸中屋敷から出て来た。

榊原兵衛……。

喬四郎は、素早く物陰に隠れた。

榊原は、油断なく辺りを見廻《みまわ》し、麴町の通りを足早に横切り、向い側の成瀬《なるせ》横丁に進んだ。

成瀬横丁には、尾張国犬山《いぬやま》藩の江戸屋敷がある。

成瀬隼人正《はやとのしょう》……。

喬四郎は、緊張を覚えた。

犬山藩三万五千石の成瀬家は、尾張徳川家代々の付家老であり、主《あるじ》は隼人正を名乗っている。

榊原は、その成瀬隼人正のいる犬山藩江戸屋敷を訪れた。

まさか……。

榊原たち土居下衆を動かしているのは、成瀬隼人正なのかもしれない。

ならば、江戸の町を荒らして公儀の威光を貶《おとし》め、上様を将軍の座から引き摺《ず》り降ろそうとしている張本人は……。

喬四郎の前に、いきなり成瀬隼人正が大きく浮かびあがった。

犬山藩江戸屋敷には、落ち着いた雰囲気が漂っていた。

榊原は、茶室に通された。そして、犬山藩藩主で尾張藩付家老の成瀬隼人正の来るのを待った。

風炉《ふろ》に掛けられた平釜《ひらがま》が鳴った。

小柄で白髪頭の初老の武士が、着流しに袖《そで》無し羽織を着て入って来た。

成瀬隼人正だった。

榊原は平伏《へいふく》した。

「榊原、茶の席だ……」

成瀬は、穏やかに微笑んで茶を点《た》て始めた。

「はっ……」

「して榊原、事は首尾良く運んでいるのか……」

「はっ。それが得体の知れぬ忍びの者が現れ、何かと邪魔を……」

下手に隠し立てをして言い繕うのは、墓穴を掘るだけだ。

榊原は、成瀬の穏やかさに秘められた鋭さと恐ろしさを知っていた。

「忍びの者……」

成瀬は、茶を点てる手を止め、穏やかな顔を僅《わず》かに歪《ゆが》めた。

「はい……」

「まさか、公儀の手の者ではあるまいな」

「配下の者共が、急ぎ素性を洗っております」

「うむ。それにしても忍びの者とは……」

「はい。目付配下の黒鍬《くろくわ》之者や掃除之者などやもしれませぬが……」

榊原は首を捻《ひね》った。

「御庭番か……」

成瀬は、白髪眉をひそめた。

「いいえ。御庭番は遠国《おんごく》探索が役目と聞きます」

「そうか、江戸での探索は致さぬか……」

「それに、忍びの者でもないと……」

「うむ。何《いず》れにしろ榊原、殿の上様拝謁は二日後に決まった」

「二日後……」

榊原は緊張した。

「左様。こうなれば一気に事を運ぶしかないかな……」

成瀬は、点てた茶を榊原に差し出して微笑み掛けた。

「畏《おそ》れ入ります」

榊原は、緊張を浮かべて頭を下げた。

鹿威《ししおど》しの音が甲高く鳴った。


小網町には、日本橋川を行き交う船の櫓《ろ》の軋《きし》みが響いていた。

才蔵は、喬四郎の長屋に向かった。

半纏《はんてん》を着た男が、長屋の木戸の傍にいた。

才蔵は立ち止まった。

誰だ……。

才蔵は眉をひそめ、何気なく辺りを見廻した。

通りには、子供相手の弥次郎兵衛《やじろべえ》売りがおり、思案《しあん》橋の袂《たもと》では托鉢《たくはつ》坊主が経を読んでいた。そして、長屋の斜《はす》向かいの蕎麦《そば》屋の二階の窓に武士の顔が見えた。

長屋を見張っている……。

才蔵の勘が囁《ささや》いた。

おそらく、尾張藩の土居下衆であり、他にも潜んでいる筈《はず》だ。

喬四郎は長屋にいるのか……。

才蔵は、長屋の裏手に向かった。

長屋の裏手は細い道があり、長屋や仕舞屋《しもたや》が連なっていた。

才蔵は、辺りに土居下衆がいないのを見定め、仕舞屋の横の狭い路地を進んだ。

そして、仕舞屋の庭を素早く横切り、長屋の裏に出た。

才蔵は、長屋の裏を眺めた。

喬四郎の家の雨戸は開いていた。

既に姿を消している……。

才蔵は安心し、心配した己を笑った。

さあて、どうするか……。

才蔵は、見張っている土居下衆の始末を思案した。

犬山藩江戸屋敷の潜り戸が開き、榊原兵衛が出て来て尾張藩江戸中屋敷に戻った。

緊張している……。

喬四郎は、榊原の硬い表情を読んだ。

榊原は、成瀬隼人正に何事かを命じられた。

喬四郎は睨《にら》んだ。

命じられた事とは何か……。

喬四郎の鬢《びん》の解《ほつ》れ髪は、風に揺れた。

二

盗賊牛頭馬頭《ごずめず》の義十の押し込み、赤馬の左平の付け火、そして土居下衆の同心殺し……。

江戸を騒がせ、公儀の威光を貶める企ての背後には、犬山藩藩主で尾張藩付家老の成瀬隼人正が潜んでいるのか……。

喬四郎は、漸《ようや》く企ての真相に近付いた。

榊原兵衛は、成瀬隼人正に何事かを命じられた。

何を命じられたのか……。

喬四郎は、榊原の硬い表情を思い出した。

おそらく、押し込み、付け火、同心殺し以上に厳しい事に違いない。

それは何か……。

喬四郎は、突き止める為に尾張藩江戸中屋敷に忍び込む事にした。

長屋の大石安兵衛の家の腰高障子が開いた。
木戸にいた黒崎蔵人は、素早く物陰に隠れた。
塗笠《ぬりがさ》を目深に被《かぶ》った侍が出て来た。
大石安兵衛……。
蔵人は睨み、土居下衆に報《しら》せた。
長屋を出た大石は、西堀留川に架かっている荒布《あらめ》橋に向かった。
弥次郎兵衛売りと托鉢坊主が追った。
蔵人は、人足や職人に扮《ふん》した者たちと大石を追った。

引っ掛かった……。
弥次郎兵衛売りや托鉢坊主たちは、狙い通りに追って来る。
才蔵は、塗笠の下で嗤《わら》った。
あれから、才蔵は喬四郎の家に入り、着物を着替え、塗笠を被って喬四郎に扮《ふん》した。

土居下衆を引き摺《ず》り廻《まわ》して翻弄《ほんろう》してやる……。

才蔵は、西堀留川に架かっている荒布橋を渡って北に向かった。

弥次郎兵衛売りや托鉢坊主たちは、それとなく追った。


何処に行く……。

蔵人たち土居下衆は、大石安兵衛を取り囲むようにして追った。

何処に行って何をするか見定め、その素性を突き止める。

蔵人たち土居下衆は、塗笠を目深に被って行く大石安兵衛を追った。


陽が暮れた。

尾張藩江戸中屋敷は、大禍時《おおまがとき》の静けさに沈んでいた。

喬四郎は、錏頭巾《しころずきん》と忍び装束に身を固めて、尾張藩江戸中屋敷の表御殿の屋根に潜んだ。

江戸中屋敷の警戒は、半刻《はんとき》おきの番士たちの見廻りがあるだけで手薄だった。

喬四郎は見定め、表御殿を囲む内塀の外に並んでいる五棟の重臣屋敷を窺《うかが》った。

おそらく、榊原兵衛は五棟の重臣屋敷の一つにいる筈だ。

喬四郎は、五棟の重臣屋敷を窺った。

並ぶ五棟の重臣屋敷の内、二棟に明かりが灯《とも》されていた。

普段、江戸中屋敷にいる重臣は留守居頭《るすいがしら》ぐらいだ。だとしたら、重臣屋敷の一棟には江戸中屋敷の留守居頭がおり、もう一棟には榊原兵衛がいるのだ。

喬四郎は読んだ。

初老の武士が表御殿から現れ、明かりの灯されている重臣屋敷に入っていった。

初老の武士は、おそらく中屋敷の留守居頭だ。

ならば、榊原兵衛は明かりの灯されている残る重臣屋敷にいる。

喬四郎は読み、明かりの灯されている残る重臣屋敷に忍ぶ事にした。


座敷の障子には明かりが映えていた。

喬四郎は、庭の植込みに潜んで明かりの灯された座敷の様子を窺った。

人のいる気配がする。

榊原兵衛か……。

喬四郎は、離れた処の暗い座敷に忍び込んだ。

暗い座敷に人の気配はない。
喬四郎は見定め、長押《なげし》に跳んだ。そして、天井板を外して天井裏に忍び込んだ。
天井裏には、座敷の明かりが僅《わず》かに洩《も》れていた。
喬四郎は、洩れている僅かな明かりに向かって梁《はり》を進んだ。
僅かな明かりは、天井板の隙間から洩れていた。
喬四郎は、梁に脚を絡ませて身を乗り出し、天井板の隙間を覗《のぞ》いた。
隙間の下に見える座敷では、榊原兵衛が絵図面を広げて見ていた。
榊原兵衛……。
喬四郎は、己の気配を消して見守った。
榊原は、厳しい面持ちで絵図面を見ている。
何処の絵図面なのか……。
絵図面は、成瀬隼人正に命じられた事と拘《かか》わりがあるのだ。
喬四郎は睨んだ。
燭台《しょくだい》の明かりは絵図面を照らした。

絵図面は大きな屋敷のものだった。

榊原兵衛は、絵図面を見詰めていた。

「所詮《しょせん》、逃げ道はないのかもしれない……」

榊原は呟《つぶや》き、己を嘲《あざけ》るような笑みを浮かべた。

「お頭……」

襖《ふすま》の外から若い男の声がした。

「祐馬か……」

「酒を持って参りました」

「入れ……」

榊原は、広げていた絵図面を片付けた。

日下祐馬が襖を開け、酒と肴《さかな》を持って入って来た。

燭台の火が揺れた。

榊原は、祐馬の酌を受けて酒を飲んだ。

「して榊原さま、成瀬さまの御用とは何でしたか……」

「うむ。殿が二日後、上様に拝謁する事になってな。私も近習《きんじゅ》の一人としてお供するよう、成瀬さまに命じられた」

榊原は、苦笑を浮かべて酒を飲んだ。

二日後、尾張藩藩主の宗勝が上様に拝謁し、榊原は近習として供をする……。

喬四郎の気が微《かす》かに乱れた。

突然、榊原は脇差《わきざし》を天井に投げた。

脇差は天井に突き刺さった。

祐馬は長押に跳び、天井板をずらして天井裏に入った。

榊原は、天井裏の様子を窺った。

祐馬が闘っている気配はない……。

榊原は、天井裏の気配を読んだ。

僅かな刻が過ぎ、祐馬が天井裏から降りて来た。

「誰もおりませんでした」

祐馬は、戸惑いを浮かべた。

「いない……」

榊原は、天井裏に何者かの乱れた気配を感じたのだ。

「はい。ですが、屋敷内を検《あらた》めてみます」
祐馬は、座敷から足早に出て行った。
狼狽《うろた》えているのか……。
榊原は、成瀬に与えられた役目に狼狽えている己に気が付いた。
燭台の火は瞬いた。
榊原は、苦い面持ちで酒を飲んだ。

四ッ谷御門は既に閉められている。
喬四郎は、尾張藩江戸中屋敷を一気に脱《ぬ》け出し、四ッ谷御門に逃れた。
二日後、榊原は尾張宗勝のお供をして江戸城に行く……。
喬四郎は知った。
榊原の見ていた絵図面は、江戸城のものなのかもしれない。
もしそうなら、榊原は江戸城で何かをするつもりなのか……。
喬四郎は読んだ。
「所詮、逃げ道はないのかもしれない……」
喬四郎は、榊原の呟きと己を嘲る笑みが気になった。

何《いず》れにしろ二日後だ……。

喬四郎は、尾張藩江戸中屋敷を眺めた。

外濠《そとぼり》の水面《みなも》には月影が揺れていた。


湯島天神門前の盛り場は賑《にぎ》わっていた。

才蔵は、酔客の笑い声と酌婦の嬌声《きょうせい》の間を進んだ。

土居下衆は、辛抱強く追って来る。

才蔵は、小網町の長屋を出てから両国《りょうごく》、浅草、下谷広小路と江戸の盛り場を物見遊山のように歩き廻《まわ》った。

土居下衆は、盛り場を行く大石安兵衛を見失わないよう懸命に尾行《つけ》て来た。

才蔵は、土居下衆を引き摺《ず》り廻した。そして、日が暮れ、湯島天神門前の盛り場にやって来たのだ。

遊びは終わりだ……。

才蔵は、居酒屋の暖簾《のれん》を潜った。

蔵人は、物陰から見届けた。

弥次郎兵衛《やじろべえ》売りや托鉢《たくはつ》坊主たち土居下衆が、蔵人の許《もと》に駆け寄った。

居酒屋は賑わっていた。

「いらっしゃい……」

才蔵は、若い衆に迎えられた。

「おう。酒を頼む……」

「へい……」

若い衆は板場に向かった。

才蔵は、店の奥に進んだ。そして、そのまま裏口を出た。

裏口の外には厠《かわや》があった。

才蔵は地を蹴《け》り、居酒屋の屋根に跳んだ。

屋根にあがった才蔵は、居酒屋の表を窺《うかが》った。

居酒屋の表には酔客が行き交い、向い側の路地や軒下には弥次郎兵衛売りや托鉢坊主たちが潜んでいた。

才蔵は嘲笑《ちょうしょう》を浮かべ、居酒屋を見張っている弥次郎兵衛売りに四方手裏剣を投げた。

四方手裏剣は、行き交う酔客の頭上を飛んで路地に潜む弥次郎兵衛売りの頭に突き刺さった。

弥次郎兵衛売りは声をあげず、叩《たた》き付けられたように崩れ落ちた。

才蔵は、続いて斜向《はす》かいの小料理屋の軒下に佇《たたず》む托鉢坊主に四方手裏剣を投げた。

四方手裏剣は、托鉢坊主の胸に突き立った。

托鉢坊主は、弾《はじ》かれたように小料理屋の板壁に当たり、前のめりに倒れた。

酔客と酌婦の悲鳴があがった。

土居下衆が物陰から現れ、倒れた托鉢坊主と弥次郎兵衛売りに駆け寄った。

才蔵は、嘲《あざけ》りを浮かべて見届けた。そして、連なる家並みの屋根伝いに盛り場の出口に走った。

盛り場は、酔客たちの賑わいに人殺しが加わり、大騒ぎになった。


小日向新小川町の倉沢屋敷には明かりが灯《とも》されていた。

佐奈は夕餉《ゆうげ》の片付けをし、朝餉《あさげ》の仕度を終えて部屋に戻った。

部屋の次の間には明かりが灯され、喬四郎が着替えていた。

「お前さま……」

佐奈は驚いた。

「おう。今、戻った」

喬四郎は、驚いている佐奈に笑い掛けた。

「は、はい。お帰りなさいませ……」

佐奈は、慌てて喬四郎の着替えの介添えをした。

「お義父上《ちち》は未《ま》だ起きていらっしゃるか……」

「はい。先程、盗み酒をしようとして母に叱られておりましたよ」

佐奈は苦笑した。

「それは気の毒に。お義父上にお尋ねしたい事がある。台所にお招きしてくれ」

「はい……」

佐奈は微笑んだ。


囲炉裏に掛けた鍋《なべ》の湯は沸いた。

喬四郎は、沸いた湯に徳利《とくり》を入れて酒の燗《かん》をつけた。

「おう。喬四郎、尋ねたい事とは御役目の事か……」

寝間着姿の左内が、佐奈と一緒に台所にやって来た。

「はい。お休みの処、お呼び立て致して申し訳ありません。ま、一献……」

喬四郎は、湯気を纏《まと》わり付けた徳利を差し出した。

「おお。そうか……」

左内は囲炉裏端に座り、猪口《ちょく》を差し出した。

喬四郎は、左内に酌をし、己の猪口に手酌で酒を満たした。

「では……」

「うむ……」

左内は、嬉《うれ》しげに酒を飲んだ。

喬四郎は微笑み、左内に酌をした。

「うむ。すまぬな……」

佐奈は、新たな徳利に酒を入れて鍋の湯に入れた。

「おや、まあ。父子《おやこ》で夜中に酒盛りですか」

やって来た静乃が、冷たい眼を向けた。

「お義母《はは》上。只今《ただいま》、戻りました」

「婿殿、御役目御苦労さまにございます」

「はい……」

「して喬四郎、儂《わし》に訊《き》きたい事とは何だ」

左内は、慌てて話題を役目の話に戻した。

「それなのでございますが、尾張さまの上様御拝謁、二日後に決まったそうです」

「決まったか……」

「して、土居下衆の頭が近習の一人としてお供をすると……」

「土居下衆の頭が……」

左内は眉《まゆ》をひそめた。

「はい。どうやら尾張藩付家老の成瀬隼人正の指図のようです」

「成瀬隼人正……」

左内は、厳しさを過《よ》ぎらせた。

「はい……」

喬四郎は、成瀬隼人正について何か知っていると睨《にら》んだ。

「どうぞ……」

静乃が、鮒《ふな》の甘露煮と大根の漬物を出した。

「母上が作られた鮒の甘露煮と漬物。美味《おい》しいですよ」

佐奈が微笑んだ。

「それはそれは、戴《いただ》きます」

喬四郎は礼を述べた。

「お前さま、お酒は年相応に……」

静乃は、左内に告げた。

「分かっておる」

左内は、酒を飲み干し、手酌で酒を注いだ。

「婿殿、お義父上と火の始末、呉々《くれぐれ》も宜《よろ》しくお願いしますよ」

静乃は、厳しく告げた。

「心得ました」

「佐奈……」

「はい……」

「では、引き取らせて戴きます」

静乃は、佐奈を従えて台所から出て行った。

「おのれ、儂と火の始末を一緒にしおって……」

左内は、苦笑しながら酒を飲んだ。

「して義父上、成瀬隼人正について何か御存知なのですか……」

喬四郎は、左内に酌をした。

「うむ。成瀬隼人正は、八代将軍の座を巡って上様と尾張宗春さまが争った時、尾張藩の采配《さいはい》を執った者でな。事敗れて面目を失い。以来、上様に秘《ひそ》かな遺恨を抱いていると聞く……」

左内は、猪口を置いた。

「上様に秘かな遺恨ですか……」

「うむ。二日後、何かが起こるかも知れぬな」

左内は、緊張を滲《にじ》ませ、喉《のど》を鳴らして酒を飲んだ。

「はい……」

喬四郎は頷《うなず》いた。

囲炉裏の火は燃え、壁に映っている喬四郎と左内の影を揺らした。


夜が明けた。

喬四郎は、佐奈と下男の宗平に見送られて倉沢屋敷を出た。

江戸川の流れは穏やかだった。

喬四郎は、江戸川沿いの道を神田川に向かった。

「喬四郎さま……」

才蔵が現れ、喬四郎に並んだ。

「青山右近、如何《いかが》致した」

「死にました……」

才蔵は告げた。

「死んだ……」

喬四郎は、思わず立ち止まった。

「はい……」

「青山右近、死んだか……」

「はい。おったの手を握り、微笑んで……」

「そうか……」

喬四郎は、青山右近とおったを哀れんだ。

「して、おったはどうした」

「呆然《ぼうぜん》としていましたが、先《ま》ずは青山右近を弔うと……」

「それから、どうするかは分からぬか……」

喬四郎は、己の惨めな昔を語り、青山右近を案じるおったを思い浮かべた。

三

江戸川の穏やかな流れは、神田川に繋《つな》がっている。

喬四郎と才蔵は、神田川に向かった。

「それから、尾張の土居下衆が小網町の長屋に張り付きましてね」

「榊原の居場所を突き止める為、私が長屋に誘った」

「そうでしたか……」

「で、見張り始めたとなると、大石安兵衛の素性を突き止めるつもりだな」

喬四郎は読んだ。

「はい。それで昨日、俺が大石安兵衛になって江戸の町を引き摺《ず》り廻《まわ》し、二人、片付けましたよ」

才蔵は笑った。

「そいつは御苦労だったな……」

「ですから、小網町の長屋は、今も土居下衆に見張られているかと……」

才蔵は、事の次第を話した。

「分かった。小網町の長屋には近付かぬ」

喬四郎は頷いた。

「して、喬四郎さまの方は……」

「それなのだが……」

喬四郎は、榊原兵衛が尾張藩江戸中屋敷にいると突き止め、それからの動きを話し始めた。

「犬山藩の殿さまで尾張藩付家老の成瀬隼人正ですか……」

才蔵は、緊張を露《あらわ》にした。

「うむ……」

「じゃあ、此度《こたび》の一件を企て、榊原兵衛たち土居下衆を動かしているのは……」

才蔵は眉をひそめた。

「成瀬隼人正だ……」

喬四郎は頷いた。

「分かりました。じゃあ、麴町の尾張藩江戸中屋敷を見張りますか……」

「うむ。榊原を頼む。私はおつたがどうしたか見て来る」

喬四郎は、おつたが気になった。

「承知……」

才蔵は頷いた。


田畑の緑は光り輝いていた。

小さな古い百姓家には、おつたはいなく青山右近の遺体もなかった。

喬四郎は、近くの浄心寺を訪れた。

青山右近は、おつたによって浄心寺の墓地に葬られていた。

喬四郎は、真新しい青山右近の墓に手を合わせた。

「今朝方、仏さんを運んで来ましてね……」

喬四郎を青山右近の墓に案内してくれた老寺男は告げた。

「それで、仏さんを葬った女、何処に行ったのか分かるかな……」

喬四郎は尋ねた。

「さあ。良く分かりませんが。永代供養の金を工面しに行ったのかもしれません」

「永代供養の金……」

喬四郎は眉《まゆ》をひそめた。

「ええ。幾らか訊《き》いて来ましてね。十両ぐらいだと教えたら、そうかと行って…

「……」

「工面しに行ったのかもしれないか……」

「はい……」

老寺男は頷いた。

おつたは、何処かに永代供養の金を工面しに行ったのだ。

何処だ……。

喬四郎は、おつたが金を工面しに何処に行ったのか想いを巡らせた。

盗賊牛頭馬頭の義十の隠し金……。

おつたは、義十が金を隠したとされる浅草橋場の茶店に行ったのかもしれない。

喬四郎は読んだ。


尾張藩江戸中屋敷に人の出入りはなかった。

才蔵は、四ッ谷御門の袂《たもと》から見張った。

黒崎蔵人が、足早にやって来て江戸中屋敷に入って行った。

土居下衆だ……。

才蔵は見定めた。

「土居下衆を二人斃《たお》して姿を隠したか……」

榊原兵衛は眉をひそめた。

「はい。直ぐに小網町の長屋に踏み込んだのですが……」

蔵人は、悔しげに告げた。

「消えたままか……」

「はい。引き続き見張っております」

「うむ。して蔵人、大石安兵衛が湯島天神の盛り場で二人を斃したのは、暮六つ(午後六時)過ぎなのだな」

「はい。暮六つから半刻《はんとき》は過ぎた頃です」

「暮六つから半刻が過ぎた頃……」

昨夜、天井裏に何者かの気配を感じた頃だ。

「はい……」

「そうか……」

やはり、緊張の所為《せい》での勘違いだったのかもしれない。

榊原は、己の勘違いを秘《ひそ》かに嗤《わら》った。

「処で蔵人。御隠居さまがどうしたか知っているか……」

「いいえ。御隠居さまがいないのですか……」

「うむ。何処で何をしているのか……」

御隠居は、尾張藩御土居下御側組同心十八家の家に生まれ、隠密《おんみつ》組土居下衆を作った者の一人だ。

榊原は、姿を消した御隠居に微《かす》かな不安を覚えていた。


浅草橋場の茶店の大戸は閉められていた。

茶店の座敷、居間、台所、納戸などは徹底的な家探しをされ、畳と床板もあげられていた。

軽衫袴《かるさんばかま》姿の老婆が、土塗《つちまみ》れになって床下からあがって来た。

老婆は、おつたの家にいた婆やのおときだった。

おときは、苛立《いらだ》たしそうに着物の土を払い落した。

「義十、本当に此処《ここ》に金を隠したのか……」

おときは、眉をひそめて家探しをし尽くした家の中を見廻した。

家の中の襖《ふすま》や障子はすべて外され、壁も所々崩され、押し入れや戸棚も開け放たれていた。

「此《これ》以上、何処を探せと云うのだ……」

おときは、吐息混じりに庭を眺めた。

荒れ果てた庭には庭木があり、片隅に古い小さな祠《ほこら》があるだけで取立てて変わったものはない。

「残るは庭か……」

おときは、鋤《すき》を手にして庭に降りた。

庭に金を隠した目印を探した。

庭木、岩、小さな祠……。

目印となる物はすくない。

おときは、小さな祠から調べる事にした。

小さな祠は、縦横二尺五寸程で台座を含めて四尺程の高さだった。

おときは、祠の観音開きの扉を開けた。

祠の中には、一尺程の古い閻魔《えんま》像が祀《まつ》られていた。

「牛頭馬頭の御本尊か……」

牛頭馬頭は地獄の獄卒であり、義十が閻魔を祀っていても不思議はなかった。

おときは、祀られていた古い閻魔像を取り出そうとした。
古い閻魔像は汚れ、重かった。
おときは、閻魔像を引き出して地面に落した。
閻魔像は、鈍い音を立てて地面に僅《わず》かに沈んだ。
おときは、閻魔像を取り出した祠の中を覗《のぞ》き込み、残った台座を動かした。
金属音が微かに鳴った。
まさか……。
おときは、勢い込んで台座を取り出した。
台座は重かった。
おときは、台座を両手に取って振った。
金属の当たる音がした。
小判だ……。
おときは、台座を地面に置いて鋤を打ち降ろした。
台座は砕け、小判が跳ね飛んで煌《きら》めいた。
牛頭馬頭の義十の隠し金……。
おときは、飛び散った小判を掻《か》き集めて数えた。

二十五両……。

閻魔像の台座には、二十五枚の小判が隠されていた。

此だけか、義十の隠し金は此だけなのか……。

おときは、想いを巡らせた。

そんな筈《はず》はない……。

盗賊牛頭馬頭の義十の隠し金は、たった二十五両だけではない筈だ。

おときは、尚《なお》も探す事にして二十五両を懐に入れようとした。

「おときさん……」

おつたの声がした。

おときは振り返った。

座敷の縁側におつたがいた。

「おつたさんかい……」

「義十の隠し金、渡して下さいな」

おつたは、縁側を降りておときに迫った。

「そうはいかないよ」

おときは、嘲笑《ちょうしょう》を浮かべた。

「死んでも良《い》いのかい……」

おつたは、匕首《あいくち》を抜いた。

「おつた、無駄な事だ」

おときは、声を野太い嗄《しわが》れ声に変えた。

おつたは、思わず怯《ひる》んだ。

「義十の隠し金でも手に入れなければ、命を落した者共に顔向けが出来ぬ」

おときは、不気味な笑みを浮かべて鋤を構えた。

「おときさん、あんた……」

おつたは、おときが只《ただ》の婆やではないと気が付いた。

「おつた。所詮《しょせん》、しがない囲われ者。身の程知らずな真似は命を縮めるだけだ」

おときは、顔を皺《しわ》だらけにして笑い掛けた。

「煩《うるさ》い……」

おつたは、匕首を構えておときに突進した。

おときは、老婆とは思えぬ身軽さで躱《かわ》しておつたを突き飛ばした。

おつたは、祠の傍に倒れ込んだ。

祠の傍には閻魔像が落ちていた。

「死ね……」

おときは、鋤を頭上に振り翳《かざ》して倒れているおつたに振り下ろそうとした。

おつたは、思わず眼を瞑《つぶ》った。

刹那《せつな》、四方手裏剣がおときに飛来した。

おときは、咄嗟《とっさ》に飛来した四方手裏剣を鋤で叩《たた》き落した。

喬四郎が、茶店の屋根の上からおときに襲い掛かった。

おときは、座敷の縁側に跳び退《の》いた。

喬四郎は、おつたを庇《かば》うように立った。

「旦那《だんな》……」

おつたは、微かな安堵《あんど》を過《よ》ぎらせた。

「怪我はないか……」

「はい」

おつたは頷《うなず》き、祠に縋《すが》って立ち上がった。

「婆やのおときか……」

喬四郎は、縁側にいるおときを見据えた。

おときは、小太刀を抜き払った。

「お前が尾張藩土居下衆の御隠居だったとはな……」

喬四郎は、婆やのおときを尾張藩土居下衆の御隠居だと見抜いた。

「お前が我らの邪魔をする忍びの者か……」

おときは、喬四郎を憎悪に満ちた眼で睨《にら》み付けた。

「おとき、おつたを牛頭馬頭の義十に引き合わせたのは、お前の企てだな」

喬四郎は読んだ。

「だったらどうする……」

おときは、縁側を蹴《け》って喬四郎に斬り掛かった。

喬四郎は、抜き打ちの一刀を放った。

刃《やいば》が咬《か》み合い、甲高い音が短く響いた。

おときは、宙を回転して喬四郎の背後に飛び降り、素早く振り返った。

瞬間、既に振り返っていた喬四郎が、僅かに腰を沈めて刀を真っ向から鋭く斬り下げた。

おときは、眉間《みけん》から斬り下げられて立ち竦《すく》んだ。

懐から二十五両の小判が落ち、煌めきながら飛び散った。

喬四郎は、残心の構えを取った。

「お、おのれ……」

おときは嗄れ声を苦しげに絞り出し、飛び散った小判の上に前のめりに倒れ込んだ。

おとき婆やこと尾張藩士居下衆の御隠居は、喬四郎によって斃《たお》された。

喬四郎は、刀に拭《ぬぐ》いを掛けて鞘《さや》に納めた。

おつたは、おときの死体の傍に落ちている小判を拾い集めた。

「青山右近の永代供養を頼む金か……」

喬四郎は読んだ。

「ええ。十両、十両あれば……」

おつたは、小判を拾い集めた。

喬四郎は、祠《ほこら》の傍に落ちている茶色の閻魔《えんま》像に気付いた。

義十は、地獄の獄卒牛頭馬頭の主《あるじ》の閻魔像を祀《まつ》っていたのだ。

喬四郎は、茶色の閻魔像を拾い上げようとした。

重い……。

喬四郎は、茶色の閻魔像の重さに戸惑った。そして、叩き落された四方手裏剣を拾い、鋒《きっさき》で茶色の閻魔像の背を切った。

茶色の閻魔像の背が切られ、切り口が金色に輝いた。

喬四郎は、閻魔像の切り口を広げた。

金色は広がった。

閻魔像は、金無垢《きんむく》の物に茶色の泥絵の具が塗られたものだった。

盗賊牛頭馬頭の義十の隠し金は、金無垢の閻魔像であり、台座の中の二十五両は目眩《めくら》ましだったのだ。

喬四郎は、義十の狙いに気付いた。

「おつた……」

「はい……」

「盗賊牛頭馬頭の義十の隠し金だ……」

喬四郎は、おつたに閻魔像を見せた。

「義十の隠し金……」

おつたは、戸惑いを浮かべて閻魔像を見た。そして、閻魔像の切り口が金色に輝いているのを知った。

「金《きん》……」

おつたは戸惑った。

「うむ……」

「この閻魔像が……」

おつたは、閻魔像を見詰めた。

「うむ。金《かね》にすれば、五、六百両にはなるだろう」

喬四郎は読んだ。

「五、六百両……」

おつたは驚いた。

「どうする、この閻魔、持って行くか……」

喬四郎は、おつたに閻魔像を差し出した。

「旦那、閻魔さまは重すぎます。私は二十五両で充分ですよ」

おつたは苦笑した。

「そうか……」

喬四郎は微笑んだ。

四

尾張藩藩主徳川宗勝が、八代将軍吉宗に拝謁する日になった。

土居下衆頭の榊原兵衛は、宗勝登城の一行に近習《きんじゅ》の一人として加わった。そして、外濠《そとぼり》に架かっている市谷御門を渡り、三番町《さんばんちょう》通りを九段坂《くだんざか》に向かった。

九段坂には内濠に架かる田安御門があり、渡ると御曲輪《くるわ》内になる。

宗勝一行は進んだ。

喬四郎は、宗勝一行に榊原兵衛が近習の一人として随行しているのを見定めた。

榊原兵衛は、辺りを窺《うかが》うかのような目配りをしながら進んでいた。

緊張している……。

喬四郎は、榊原兵衛が緊張しているのに気付いた。

榊原兵衛は、城中で何をする気なのか……。

成瀬隼人正は何を命じたのか……。

喬四郎は、宗勝一行を追うように城内に進んだ。

尾張藩藩主徳川宗勝の一行は、大手《おお て》門前《もん》の下馬所に供侍たちの多くを残し、僅《わず》かな供を従えて中雀門《ちゆうじやくもん》に進んだ。

僅かな供の中には、榊原兵衛もいた。

城中本丸御殿に入った宗勝は、榊原兵衛たち供侍を供待詰所である蘇鉄《そてつ》の間に残し、大廊下（表座敷居間）に入った。

大廊下は、尾張、紀伊、水戸の御三家の詰所であり、加賀前田《か が まえだ》家が加わる事もあった。

宗勝は、大廊下で上様のお召しを待った。

御休息御庭に人影はなかった。

吉宗は、御休息御庭の四阿《あずまや》に進んだ。

四阿の陰には、番四郎が御庭之者として控えていた。

「番四郎か……」

「はっ……」

「尾張の宗勝、江戸の町に横行する盗賊、付け火、町奉行所の同心殺しは、余の政《まつりごと》に対する不満の表れだと、嫌味を言い立てに来たようだな」

吉宗は苦笑した。

「左様にございましょう。盗賊は牛頭馬頭の義十、付け火は赤馬の左平、同心殺しは尾張土居下衆の仕業。義十と左平は既に始末致し、土居下衆の頭は今日にも……」

「成敗するか……」

「はい、宗勝さま近習として登城しておりますので……」

「ほう。土居下衆の頭が宗勝の近習として登城し、余の首でも獲《と》りに来たか……」

吉宗は苦笑した。

「畏《おそ》れながら、左様かと……」

「うむ。して、事は尾張の宗勝の企てか……」

「いえ。付家老の犬山藩主成瀬隼人正さまの企てかと……」

「成瀬隼人正か……」

「はい。宗勝さまは、仔細《しさい》は御存知ないかと……」

「成瀬に吹き込まれ、神輿《みこし》に乗っているだけか……」

「おそらく……」

「分かった……」

吉宗は頷《うなず》いた。

「はっ……」

「喬四郎、これ以上の騒ぎは誰も望まぬ……」

「ならば、宗勝さまと成瀬さまは……」

「余が抑える。喬四郎、土居下衆の頭の庭番成敗、任せたぞ」

「はっ……」

喬四郎は平伏した。

吉宗は、悠然とした足取りで戻って行った。

喬四郎は見送り、榊原のいる詰所に急いだ。


吉宗は、尾張宗勝を白書院に招いた。

宗勝は下段の間に控え、時候の挨拶《あいさつ》をした。

「して宗勝どの、本日参られたのは、余の政に意見する為か……」

吉宗は、笑顔で本題に斬り込んだ。

「お、畏れ入ります」

宗勝は狼狽《うろた》えた。

「申してみよ」

吉宗は、宗勝が狼狽《ろうばい》から立ち直る間を与えなかった。

「は、はい。近頃、江戸を騒がす盗賊、付け火、町奉行所の同心殺し。民は恐れ、何もかも御公儀の不手際と不満を募らせ、畏れながら上様の政にも何かと……」

宗勝は、言葉を濁した。

「怨嗟《えんさ》の声をあげているか……」

「畏れ入ります」

「そうか。宗勝どの、心配を掛けたようだな」

吉宗は苦笑した。

宗勝は、吉宗が笑ったのに戸惑った。

「江戸の町を荒らし廻《まわ》った盗賊牛頭馬頭の義十、付け火をして廻った赤馬の左平なる者共は既に成敗し、町奉行所の同心を殺した何とか衆と名乗る者共の頭も間もなく成敗致す」

吉宗は、宗勝を見据えて厳しく告げた。

「う、上様……」

宗勝は、思わず怯《ひる》んだ。

吉宗は、盗賊や付け火をした者の名を知っており、何とか衆と云って土居下衆を匂わせた。

吉宗は何もかも知っている……。

宗勝は気付いた。

「宗勝どの、余の言葉に証《あかし》が所望ならば、何とか衆の頭の首、後刻、尾張屋敷に届けさせるが、如何《いかが》致す」

吉宗は、冷笑を浮かべて脅した。

「そ、それには及びませぬ」

宗勝は慌てた。

「宗勝、遠慮は無用だ……」

吉宗は、宗勝を追い詰めた。

「は、はい。畏れ入ります」

宗勝は平伏《ひれふ》した。

「宗勝、泰平の世を乱そうとの企て、喜ぶ者など誰一人としておらぬと、成瀬隼人正にも申し伝えい」

吉宗は、厳しく言い渡した。

榊原兵衛たち尾張宗勝の近習たちは、供侍詰所で主《あるじ》の戻るのを待った。

榊原は座を立った。

近習頭は、榊原を見送った。

榊原は、供侍詰所を出た。

長い廊下に人影はない。

榊原は見定め、床を蹴《け》って廊下の長押《なげし》に跳び、素早く天井裏に忍び込んだ。

天井裏は広く、下の座敷からの光りが僅かに洩《も》れ、薄暗かった。

榊原は裃《かみしも》を脱ぎ、着物と袴《はかま》を素早く裏に返して着直した。

着物と袴の裏地は濃い灰色であり、袴の裾《すそ》は軽衫《かるさん》袴のように絞る事が出来た。

無双の着物だった。

榊原は、忍びの者としての身拵《みごしら》えをし、御殿の絵図面を思い浮かべた。そして、白書院に向かった。

来た……。

錏頭巾《しころずきん》に忍び装束の喬四郎が、隠形《おんぎょう》を解いて柱の陰に現れた。

榊原は、吉宗と宗勝のいる白書院に向かっている。

喬四郎は追った。

榊原が尾張藩江戸中屋敷で見ていた絵図面は、やはり江戸城のものだったのだ。

喬四郎は睨《にら》んだ。

榊原は、宗勝の引見を終えて御座之間に戻る上様を狙うつもりなのか……。

もしそうなら、手立ては……。

喬四郎は、榊原を慎重に追った。


尾張宗勝の拝謁は終った。

吉宗は、小姓を従えて白書院を出た。

宗勝は、緊張に疲れ果てた。

「尾張さま……」

数寄屋《すきや》坊主頭が、遠慮がちに声を掛けた。

「う、うむ……」

宗勝は立ち上がり、よろめいた。

「尾張さま……」

数寄屋坊主の頭は、慌てて宗勝を支えた。
「大事ない。大事ない……」
宗勝は、懸命に立ち直ろうとした。
榊原は、御座之間の天井裏に潜んだ。
御座之間で襲うつもりか……。
喬四郎は読んだ。
御座之間で吉宗を襲い、斃《たお》した処で逃げ切れる筈《はず》はない。
死ぬ気か……。
榊原は、吉宗と刺し違えるつもりなのだ。
喬四郎は睨んだ。
榊原は、梁《はり》に足を絡ませて逆さになり、坪錐《つぼぎり》を出して天井板に細工をしていた。
坪錐で天井板に覗《のぞ》き穴を作り、御座之間に吉宗が戻るのを待つ気なのだ。
そうはさせない。此迄《これまで》だ……。
喬四郎は、殺気を放った。
榊原は殺気に気が付き、素早く梁に戻った。

喬四郎は、榊原に四方手裏剣を放った。

榊原は、柱の陰に隠れて四方手裏剣を躱《かわ》した。そして、脇差《わきざし》を抜いた。

「尾張藩士居下衆頭の榊原兵衛、上様の首を獲っても逃げられはせぬ……」

喬四郎は、榊原に哀れむような視線を向けた。

「公儀の忍びだったのか……」

榊原は、怒りを滲《にじ》ませて喬四郎を見据えた。

喬四郎は頷《うなず》き、笑った。

「おのれ……」

「榊原、上様と刺し違える気か……」

喬四郎は、己の睨みを投げ掛けた。

榊原は、己の覚悟を見抜かれて僅《わず》かに狼狽えた。

「どうやら、そのようだな……」

「黙れ……」

榊原は、狼狽を隠そうと、梁を蹴って喬四郎に飛び掛かった。

喬四郎は、刀を抜いて打ち払った。

火花が薄暗い天井裏に飛び散った。

喬四郎と榊原は、縦横に組まれている梁の上を走り、鋭く斬り結んだ。
火花が飛び散り、舞い上がった埃《ほこり》が刃風に渦巻いた。
榊原は大きく跳び退《の》き、喬四郎に十字手裏剣を投げようとした。
喬四郎は、構わず梁を蹴って榊原に跳んだ。
榊原は、十字手裏剣を投げる間を失い、激しく狼狽《うろた》えた。
刹那《せつな》、喬四郎は榊原の胸に刀を突き刺した。
榊原は仰《の》け反り、柱に縋《すが》った。
喬四郎は、刀を抜いて跳び退いた。
榊原は、胸から血を流して梁の上に座り込んで項垂《うなだ》れた。
喬四郎は、座り込んだ榊原を見据えた。
榊原は、息を大きく吐きながら梁の上に前のめりに斃《たお》れた。
喬四郎は、刀に拭《ぬぐ》いを掛けて鞘《さや》に納め、榊原兵衛の死体に手を合わせた。

尾張藩土居下衆頭の榊原兵衛は死んだ。
吉宗は、何もかも闇の彼方《かなた》に押しやった。
尾張藩主宗勝は沈黙した。

付家老で犬山藩主の成瀬隼人正こと正幸《まさゆき》は、企てが破れたと知って隠居し、子の正泰《まさもと》が跡目を継いだ。

盗賊牛頭馬頭の義十、赤馬の左平、青山右近、そして尾張藩土居下衆頭の榊原兵衛……。

多くの者が滅び去っていった。

おったは、青山右近の永代供養の金を浄心寺に納めて姿を消した。

黒崎蔵人たち土居下衆は、小網町の長屋の見張りを解いて消えた。

「才蔵、屋敷に来るか……」

喬四郎は、才蔵に尋ねた。

「いいえ。そいつは遠慮しますよ」

才蔵は苦笑し、堅苦しい武家屋敷より自由な江戸の巷《ちまた》を選んで立ち去った。

倉沢喬四郎は、御庭番としての初めての役目を終えた。

江戸川の流れは西日に輝いていた。

喬四郎は、小日向新小川町の武家屋敷街を進んだ。

倉沢屋敷の門前では、下男の宗平が掃除をしていた。

「やあ。宗平……」

「これは旦那《だんな》さま。お戻りなさいませ」

「うん……」

喬四郎は微笑んだ。

「御役目、首尾良く終り、祝着にございます」

宗平は、喬四郎の微笑みを読んだ。

「どうにかな……」

喬四郎は、宗平の読みの鋭さに苦笑した。

宗平は、倉沢屋敷の式台に急ぎ、喬四郎の帰りを告げた。


佐奈が、式台に出迎えに現れた。

「お帰りなさいませ」

佐奈は、溢《あふ》れんばかりの喜びを懸命に隠していた。

「うん。只今《ただいま》、戻った」

喬四郎は、佐奈に刀を渡した。

「お義父《ちち》上とお義母《はは》上は……」

「お部屋にございます」

「そうか、着替えて御挨拶《ごあいさつ》に参る」

喬四郎は、何事もなかったかのように屋敷に帰り、佐奈は何事もなかったかのように出迎える。

胸の内で無事に戻った事に安堵《あんど》し、喜びながら……。

このような事が此から何度あるのか……。

喬四郎は、刀を捧《ささ》げ持って付いて来る佐奈に愛《いと》おしさを覚えた。


左内と静乃の部屋は、夕陽に照らされていた。

「お前さま……」

静乃は、転《うた》た寝をしている左内を揺り動かしていた。

喬四郎がやって来た。

「お義母上、只今戻りました」

「おお、婿殿、お早いお戻りで、御役目御苦労さまにございます」

「はい。お義父上は……」

「転た寝をして、間もなく夕餉《ゆうげ》だと云うのに起きないのです」

静乃は、腹立たしげに眉《まゆ》をひそめた。

「起きない……」

喬四郎は戸惑った。

「ええ。そうだ、婿殿。御義父上を起こして夕餉だと伝えて下さいな」

静乃は、自分の思い付きに声を弾ませた。

「はあ……」

「では、宜《よろ》しくお願いしますよ」

静乃は、足早に部屋から出て行った。

喬四郎は、苦笑して見送り、転た寝をしている左内に近寄った。

「御義父上……」

喬四郎は、左内を揺り動かそうとした。

「それには及ばぬ、喬四郎……」

左内は起き上がった。

「御義父上……」

喬四郎は戸惑った。

「婆さんが口煩《くちうるさ》くてな。酒は控えろ、囲碁は慎め、盆栽にはのめり込むな、とな。

それで不貞寝《ふてね》をしたら、本当に眠って仕舞った」

「では……」

「とっくに眼を覚ましていたが、癪《しゃく》に障るから寝た振りをしていたのだ」

左内は、腹立たしげに眉を震わせた。

「へえ、それはそれは……」

まるで子供のようだ……。

喬四郎は、込み上げる笑いを堪《こら》えた。

「して喬四郎。御役目は終ったか……」

「はい……」

「首尾は……」

左内は身を乗り出した。

「どうにか……」

喬四郎は微笑んだ。

「それは重畳《ちょうじょう》、祝着至極。御苦労だった」

左内は、満足そうに笑った。

「お前さま、婿殿……」

静乃の声がした。

「まったく煩い婆さんだ。喬四郎、仔細《しさい》は酒を飲みながらゆっくり聞かせて貰《もら》うぞ」

「はい……」

喬四郎は苦笑した。

「婿殿……」

静乃の苛立《いらだ》たしげな声がした。

「本当に煩い婆さんだ。参るぞ、喬四郎……」

左内は部屋を出た。

倉沢家の婿殿か……。

喬四郎は、倉沢家の一人となった思いを強くし、岳父左内に続いた。

夕陽は沈み、倉沢家に夕餉の時が訪れた。

本書は書き下ろしです。

江《え》戸《ど》の御《お》庭《にわ》番《ばん》

藤《ふじ》井《い》邦《くに》夫《お》

平成29年 12月25日　初版発行
令和7年 6月5日　14版発行

発行者●山下直久

発行●株式会社KADOKAWA
〒102-8177　東京都千代田区富士見2-13-3
電話　0570-002-301（ナビダイヤル）

角川文庫 20700

印刷所●株式会社KADOKAWA
製本所●株式会社KADOKAWA

表紙画●和田三造

◎本書の無断複製（コピー、スキャン、デジタル化等）並びに無断複製物の譲渡および配信は、著作権法上での例外を除き禁じられています。また、本書を代行業者等の第三者に依頼して複製する行為は、たとえ個人や家庭内での利用であっても一切認められておりません。
◎定価はカバーに表示してあります。

●お問い合わせ
https://www.kadokawa.co.jp/（「お問い合わせ」へお進みください）
※内容によっては、お答えできない場合があります。
※サポートは日本国内のみとさせていただきます。
※Japanese text only

©Kunio Fujii 2017　Printed in Japan
ISBN978-4-04-106358-3　C0193

角川文庫発刊に際して

角川源義

第二次世界大戦の敗北は、軍事力の敗北であった以上に、私たちの若い文化力の敗退であった。私たちの文化が戦争に対して如何に無力であり、単なるあだ花に過ぎなかったかを、私たちは身を以て体験し痛感した。西洋近代文化の摂取にとって、明治以後八十年の歳月は決して短かすぎたとは言えない。にもかかわらず、近代文化の伝統を確立し、自由な批判と柔軟な良識に富む文化層として自らを形成することに私たちは失敗して来た。そしてこれは、各層への文化の普及滲透を任務とする出版人の責任でもあった。

一九四五年以来、私たちは再び振出しに戻り、第一歩から踏み出すことを余儀なくされた。これは大きな不幸ではあるが、反面、これまでの混沌・未熟・歪曲の中にあった我が国の文化に秩序と確たる基礎を齎らすためには絶好の機会でもある。角川書店は、このような祖国の文化的危機にあたり、微力をも顧みず再建の礎石たるべき抱負と決意とをもって出発したが、ここに創立以来の念願を果すべく角川文庫を発刊する。これまで刊行されたあらゆる全集叢書文庫類の長所と短所とを検討し、古今東西の不朽の典籍を、良心的編集のもとに、廉価に、そして書架にふさわしい美本として、多くのひとびとに提供しようとする。しかし私たちは徒らに百科全書的な知識のジレッタントを作ることを目的とせず、あくまで祖国の文化に秩序と再建への道を示し、この文庫を角川書店の栄ある事業として、今後永久に継続発展せしめ、学芸と教養との殿堂として大成せんことを期したい。多くの読書子の愛情ある忠言と支持とによって、この希望と抱負とを完遂せしめられんことを願う。

一九四九年五月三日

角川文庫ベストセラー

かもねぎ神主　禊ぎ帳　　井川香四郎

白川丹波は伊勢神宮から日本橋の姫子島神社にやってきた神主。寂れた神社を立て直すため氏子たちを集めるが、揃いも揃って曲者ばかり。人々の心を祓い清めるため、若き禰宜（神主）が行う〝禊ぎ〟とは？

恵みの雨　かもねぎ神主　禊ぎ帳2　　井川香四郎

若き神主・白川丹波は、押し込みにあった油問屋主人・寛左衛門の心の内を探ろうとする。強引な商売でのし上がった嫌われ者の寛左衛門の態度に、ふと疑問を感じたのだ。実は彼には人には言えぬ過去があり……。

喜連川《きつれがわ》の風　江戸出府　　稲葉稔

石高はわずか五千石だが、家格は十万石。日本一小さな大名家が治める喜連川藩では、名家ゆえの騒動が次々に巻き起こる。家格と藩を守るため、藩の中間管理職にして唯心一刀流の達人・天野一角が奔走する！

喜連川《きつれがわ》の風　忠義の架橋　　稲葉稔

喜連川藩の中間管理職・天野一角は、ひと月で橋の普請を完了せよとの難題を命じられる。慣れぬ差配で、手伝いも集まらず、強盗騒動も発生し……果たして一角は普請をやり遂げられるか？　シリーズ第2弾！

喜連川の風　参勤交代　　稲葉稔

喜連川藩の小さな宿場に、二藩の参勤交代行列が同日に宿泊することに！　家老たちは大慌て。宿場や道の整備を任された喜連川藩の中間管理職・天野一角は奔走するが、新たな難題や強盗事件まで巻き起こり……。

角川文庫ベストセラー

妻は、くノ一　全十巻　風野真知雄

平戸藩の御船手方書物天文係の雙星彦馬は藩きっての変わり者。その彼のもとに清楚な美人、織江が嫁に来た!? だが織江はすぐに失踪。彦馬は妻を探しに江戸へ向かう。実は織江は、凄腕のくノ一だったのだ!

姫は、三十一　風野真知雄

平戸藩の江戸屋敷に住む清湖姫は、微妙なお年頃のお姫様。市井に出歩き町角で起こる不思議な出来事を調べるのが好き。この年になって急に、素敵な男性が次々と現れて……恋に事件に、花のお江戸を駆け巡る!

女が、さむらい　風野真知雄

修行に励むうち、千葉道場の筆頭剣士となっていた長州藩の風変わりな娘・七緒は、縁談の席で強盗殺人事件に遭遇。犯人を倒し、謎の男・猫神を助けたことから、妖刀村正にまつわる陰謀に巻き込まれ……。

女が、さむらい　鯨を一太刀　風野真知雄

徳川家に不吉を成す刀〈村正〉の情報収集のため、店を構えたお庭番の猫神と、それを手伝う女剣士の七緒。ある日、斬られた者がその場では気づかず、帰宅してから死んだという刀〈兼光〉が持ち込まれ……?

女が、さむらい　置きざり国広　風野真知雄

情報収集のための刀剣鑑定屋〈猫神堂〉に持ち込まれた名刀〈国広〉。なんと下駄屋の店先に置き去りにされていたという。高価な刀が何故? 時代の変化が芽吹く江戸で、腕利きお庭番と美しき女剣士が活躍!

角川文庫ベストセラー

切開
表御番医師診療録1

上田秀人

表御番医師として江戸城下で診療を務める矢切良衛。ある日、大老堀田筑前守正俊が若年寄に殺傷される事件が起こり、不審を抱いた良衛は、大目付の松平対馬守と共に解決に乗り出すが……。

縫合
表御番医師診療録2

上田秀人

表御番医師の矢切良衛は、大老堀田筑前守正俊が斬殺された事件に不審を抱き、真相解明に乗り出すも何者かに襲われてしまう。やがて事件の裏に隠された陰謀が明らかになり……。時代小説シリーズ第二弾！

解毒
表御番医師診療録3

上田秀人

五代将軍綱吉の膳に毒を盛られるも、未遂に終わる。表御番医師の矢切良衛は事件解決に乗り出すが、それを阻むべく良衛は何者かに襲われてしまう……。書き下ろし時代小説シリーズ、第三弾！

刃鉄《はがね》の人

辻堂　魁

刀鍛冶の国包は、家宝の刀・来国頼に見惚れ、天稟の素質と言われた武芸の道をも捨てて刀鍛冶の修業にのめり込んだ。ある日、本家・友成家のご隠居に呼ばれ、ある父子の成敗を依頼され……書き下ろし時代長編。

不義
刃鉄《はがね》の人

辻堂　魁

刀鍛冶・国包に打刀を依頼した赤穂浪士。だが男は受け取りに現れることなく、討ち入りした四十七士の中に、その名は無かった。刀に秘された悲劇、そして国包が見た〝武士の不義〟の真実とは。シリーズ第2弾。

角川文庫ベストセラー

手蹟指南所「薫風堂」　野口卓

よく遊び、よく学べ——。人助けをしたことから手蹟指南所の若師匠を引き受けた雁野直春。だが彼には複雑な家庭事情があった……「軍鶏侍」「ご隠居さん」シリーズで人気の著者、待望の新シリーズ！

三人娘　手蹟指南所「薫風堂」　野口卓

初午の時期を迎え「薫風堂」に新しい手習子がやってきた。四カ所の寺子屋に断られたほどの悪童を、師匠の雁野直春は、引き受ける決心をする。一方、二人の武家娘が直春を訪ねてくるが……。

信義の雪　沼里藩留守居役忠勤控　鈴木英治

駿州沼里の江戸留守居役・深貝文太郎は、相役の高足惣左衛門が殺人事件の下手人として捕えられたことに疑問を抱く。奴は人を殺すような男ではない。惣左衛門の無実を証明するため、文太郎は奮闘する。

江戸城　御掃除之者！　平谷美樹

江戸城の掃除を担当する御掃除之者の組頭・山野小左衛門は極秘任務・大奥の掃除を命じられる。精鋭7名で乗り込むが、部屋の前には掃除を邪魔する防衛線が築かれており……大江戸お掃除戦線、異状アリ！

生きがい　戯作者南風　余命つづり　沖田正午

人気が下り坂の戯作者・浮世月南風は、名医・杉田玄白に「あと一年の命」と宣告される。だが版元の励ましにより奮い立ち、一世一代の傑作執筆を決意。執筆のため、そして愛する人に再会するため旅に出る！

角川文庫ベストセラー

もののけ侍伝々
京嵐寺平太郎
佐々木裕一

江戸で相次ぐ怪事件。広島藩の京嵐寺平太郎は、幕府の命を受け解決に乗り出す羽目に。だが事件の裏には、幕府に怨念を抱く僧の影が……三つ目入道ら仲間の妖怪と立ち向かう、妖怪痛快時代小説、第1弾！

もののけ侍伝々2
蜘蛛女
佐々木裕一

将軍家重側近の屋敷に巨大な蜘蛛の妖怪が忍び込む怪事件が発生。京嵐寺平太郎は、天下無敵の妖刀茶丸、三つ目入道、白孤のおきんらと解決に乗り出すが背後には幕府滅亡を企む怪僧の影が……シリーズ第2弾！

とんずら屋請負帖
田牧大和

「弥吉」を名乗り、男姿で船頭として働く弥生。船宿の松波屋一門として人目を忍んだ逃避行「とんずら」を手助けするが、もっとも見つかってはならないのは、実は弥生自身だった——。

仇討
とんずら屋請負帖
田牧大和

船宿『松波屋』に新顔がやってきた。船頭の弥生が女であること、裏稼業が「とんずら屋」であることは、絶対に明かしてはならない。いっぽう「長逗留の上客」丈之進は、助太刀せねばならない仇討に頭を悩ませて。

忍びの森
武内涼

織田の軍に妻子を殺された、若き伊賀の上忍・影正。信長への復讐を誓い凄腕の忍び7人を連れて紀州へ向かう途中、荒れ寺に辿り着くが、そこに棲む妖が1体ずつ彼らを襲ってきて!? 忍者VS妖怪の死闘!!

角川文庫ベストセラー

銭神剣法無頼流 いのち売り候　鳥羽　亮

銭神刀三郎は剣術道場の若師匠。専ら刀で斬り合う命懸けの仕事「命屋」で糊口を凌いでいる。旗本の家士と相対死した娘の死に疑問を抱いた父親からの依頼を受け、刀三郎は娘の奉公先の旗本・佐々木家を探り始める。

宿場鬼　菊地秀行

霧深き宿場町に降り立った一人の鬼――男は虚無の眼を湛えすべての記憶を失っていた。だが、恐るべき剣技を操る男の前に次々と謎の刺客が現れる……。エンターテインメント界の巨匠が挑む初の本格時代活劇！

将軍の料理番 包丁人侍事件帖①　小早川　涼

江戸城の台所人、鮎川惣介は、優れた嗅覚の持ち主。家斉に料理の腕を気に入られ、御小座敷に召されることも。ある日、惣介は、幼なじみの添番・片桐隼人から、大奥で起こった不可解な盗難事件を聞くが――。

大奥と料理番 包丁人侍事件帖②　小早川　涼

江戸城の台所人、鮎川惣介は、鋭い嗅覚の持ち主。ある日、惣介は、御膳所で仕込み中の酪の中に、毒が盛られているのに気づく。酪は将軍家斉の好物。果たして毒は将軍を狙ったものなのか……シリーズ第2弾。

料理番子守り唄 包丁人侍事件帖③　小早川　涼

江戸城の台所人、鮎川惣介は将軍家斉のお気に入りの料理番だ。この頃、江戸で評判の稲荷寿司の屋台があるという。その稲荷を食べた者は身体の痛みがとれるというのだが……惣介がたどり着いた噂の真相とは。

角川文庫ベストセラー

入り婿侍商い帖
関宿御用達
千野隆司

入り婿侍商い帖
関宿御用達（二）
千野隆司

入り婿侍商い帖
関宿御用達（三）
千野隆司

佃島用心棒日誌
溺れた閻魔
早見俊

佃島用心棒日誌
大御所の来島
早見俊

旗本家次男の角次郎は縁あって米屋の大黒屋に入り婿した。関宿藩の御用達となり商いが軌道に乗り始めた矢先、舅・善兵衛が人殺しの濡れ衣で捕まり……妻と心を重ね、家族みんなで米屋を繁盛させていく物語。

旗本家次男の角次郎は縁あって米屋の大黒屋に入り婿した。米の値段が下がる中、仕入れた米を売るために、角次郎は新米を江戸に運ぶ速さを競う新米番船に参加する。妻と心を重ね米屋を繁盛させていく物語。

旗本家次男の角次郎は縁あって米屋の大黒屋に婿入りした。ある日、本所深川一帯で大火事が起こり、大黒屋の店舗も焼失してしまう。大黒屋復活のため角次郎は動き出す。妻と心を重ね米屋を繁盛させていく物語。

安藤対馬守の密命を受けた佃島の用心棒・立花左京介は、島に流れ着いた記憶喪失の男を世話することに。男はその人柄から佃島に馴染んでいくが、くせ者の臨時廻り同心・奥寺亀次郎が周辺を嗅ぎ回っていて……。

大御所・徳川家斉が佃島見物に来る――。知らせがきてから、島民らは重圧を感じつつ名誉なことと張り切っている。そんな中、佃島用心棒の左京介は、家斉の警護と称した鳥居耀蔵の不穏な動きを察知し……。

角川文庫ベストセラー

やぶ医薄斎　幡大介

実家の商家から放り出された与之助は、妙な縁で薄斎に弟子入りする。この薄斎、江戸の町では〝やぶ医者〟と囁かれるが幕府内ではなぜか名医とされていた。ある往診依頼から2人は大騒動に巻き込まれ……。

やぶ医薄斎　贋銀の湊　幡大介

湊が洪水被害を受けた出羽国鶴ヶ瀬藩に向かった名医(?)薄斎と弟子の与之助。江戸から変わり者の作事奉行並もやってきて小藩が大混乱する中、実はこの騒動に紛れて、贋の丁銀作りの計画が進んでいた……。

土方歳三(上)　富樫倫太郎

豪農・土方家に生まれた歳三はすらりとした見た目だが負けず嫌いで一本気な性格だった。強くなって武士になる――。その熱い想いはやがて近藤や沖田らとの運命の出逢いに繋がっていき……土方歳三青春編！

土方歳三(中)　富樫倫太郎

浪士組での働きを認められ、新選組となった歳三たち。歳三は副長として組織作りに心血を注いでいたが、やがて隊員たちの志は変わり、その絆に亀裂が入っていくことになる。歳三の苦渋の決断と、その心中とは……。

土方歳三(下)　富樫倫太郎

討幕派の勢いは激しさを増し、幕府軍が追いつめられてゆく中、歳三はかつての仲間たちとの悲痛な別れを味わうことに。それでも信じる道を奉じ、蝦夷地で戦い抜いた歳三が最期に見たものとは。慟哭のラスト！

角川文庫ベストセラー

隠密同心 幻の孤影(一)　小杉健治

同じ太刀筋の傷を受けた3人の死体。そのつながりはどこに？　佐原市松が敵陣に潜入して探索を進めるうち藩ぐるみの壮大な悪事が明らかになり……緊迫した死闘が繰り広げられる大人気シリーズ第4弾！

春遠からじ　北原亞以子

関宿城下で塩を商う蔵次の娘・あぐりは、父の片腕である伍平太に恋心を抱いていた。しかし蔵次は、店を手伝っている仲助にあぐりを娶らせようとするが……戦国を舞台に女たちの生き様を描く、長編小説。

光秀の定理　垣根涼介

牢人中の明智光秀が出会った兵法者の新九郎と、路上で博打を開く破戒僧・愚息。奇妙な交流が歴史を激動に導く。光秀はなぜ瞬く間に出世し、滅びたのか……「定理」が乱世の本質を炙り出す、新時代の歴史小説！

秋月記　葉室　麟

筑前の小藩、秋月藩で、専横を極める家老への不満が高まっていた。間小四郎は仲間の藩士たちと共に糾弾に立ち上がり、その排除に成功する。が、その背後には本藩・福岡藩の策謀が。武士の矜持を描く時代長編。

散り椿　葉室　麟

かつて一刀流道場四天王の一人と謳われた瓜生新兵衛が帰藩。おりしも扇野藩では藩主代替りを巡り側用人と家老の対立が先鋭化。新兵衛の帰郷は藩内の秘密を白日のもとに曝そうとしていた。感涙長編時代小説！

角川文庫ベストセラー

さわらびの譜　葉室　麟

扇野藩の重臣、有川家の長女・伊也は藩随一の弓上手・樋口清四郎と渡り合うほどの腕前。競い合ううち清四郎に惹かれてゆくが、妹の初音に清四郎との縁談が。くすぶる藩の派閥争いが彼女らを巻き込む。

武田家滅亡　伊東　潤

戦国時代最強を誇った武田の軍団は、なぜ信長の侵攻からわずかひと月で跡形もなく潰えてしまったのか？　戦国史上最大ともいえるその謎を、本格歴史小説界の俊英が解き明かす壮大な歴史長編。

天地雷動　伊東　潤

信玄亡き後、戦国最強の武田軍を背負った勝頼。信長、秀吉ら率いる敵軍だけでなく家中にも敵を抱え苦悩するが……かつてない臨場感と震えるほどの興奮！　熱き人間ドラマと壮絶な合戦を描ききった歴史長編！

信長死すべし　山本兼一

甲斐の武田氏をついに滅ぼした織田信長は、正親町帝に大坂遷都を迫った。帝の不安と忍耐は限界に達し、ついに重大な勅命を下す。日本史上最大の謎を、明智光秀ら周囲の動きから克明に炙り出す歴史巨編。

道三堀のさくら　山本一力

道三堀から深川へ、水を届ける「水売り」の龍太郎には、蕎麦屋の娘おあきという許嫁がいた。日本橋の大店が蕎麦屋を出すと聞き、二人は美味い水造りのため力を合わせるが。江戸の「志」を描く長編時代小説。

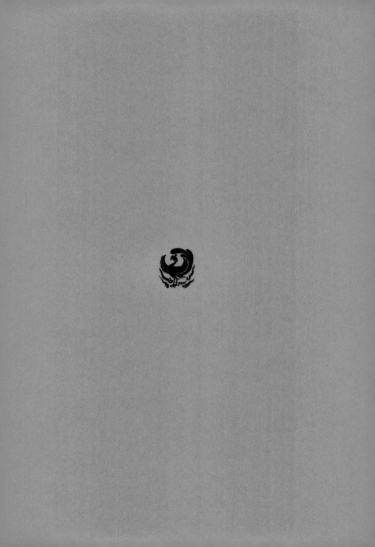